Horst Wambach
Herr Patocki geht unter Leute

Über das Buch:
Die Welt sei ohnehin eine unzumutbare Einrichtung, in der es sich, wenn überhaupt, nur zu leben lohne, wenn man sich der Kunst verschreibt, denkt Herr Patocki. Daher beschließt dieser etwas wunderlicher Junggeselle ein Leben in stiller Einkehr zu führen. Der Zufall aber will es, dass er auf einem seiner seltenen Spaziergängen zwischen den Hochhäusern einer hübschen, viel zu jungen Dame begegnet, die seinen Lebensentwurf gehörig durcheinander bringt. Durch sie gerät er in die Wirren des öffentlichen Lebens, bewirkt dabei ohne es eigentlich zu beabsichtigen vieles Gute und wird in der ganzen Hochhaussiedlung zu einer Berühmtheit.
Die 40 kurzen Geschichten über Herrn Patocki sind Drama, Liebesgeschichte und Komödie gleichermaßen und führen den Leser ein in die eigentümliche Lebenswelt einer anonymen Hochhaus-Vorstadt, über die sich im Laufe der Erzählungen ein unwiderstehlicher poetischer Zauber legt.

Der Autor:
Geb. 1963 in Mainz, studierte an Johannes-Gutenberg-Universität Philisophie, Germanistik und Geschichte. Seit 2011 schreibt Horst Wambach in der Stadtteilzeitung „Elsa". Aus diesen Texten ist der vorliegende Roman entstanden. Der Zweite Roman ist in Vorbereitung.

HORST WAMBACH
HERR PATOCKI
GEHT UNTER LEUTE

W

Impressum

Copyright © 2017 Horst Wambach
Alle Rechte vorbehalten, veröffentlicht durch den Autor
Kontakt: wambl@web.de
Illustrationen: Colette Smeraldy, Mainz
Umschlaggestaltung und Satz: Thomas Bartsch, Mainz
Herstellung und Verlag: BoD – Books on Demand, Norderstedt

ISBN 9 783743 136519

Bibliografische Information der Deutschen Nationalbibliothe:
Die Deutsche Nationalbibliothek verzeichnet diese Publikation
in der Deutschen Nationalbibliografie; detaillierte bibliografische Daten sind im Internet über http://dnb.d-nb.de abrufbar.

Inhalt

Einleitung 7

Herr Patocki tritt in ein Fettnäpfchen 11

Herr Patocki macht ein gutes Geschäft 15

Herr Patocki im Gottesdienst 19

Herr Patocki fasst einen Entschluss 23

Das Spiel beginnt 27

Der Knopf mit der Delle 33

Nahendes Unheil 37

Herr Patocki rastet aus 41

Herr Patocki wird gerügt 48

Der lachende Hut 52

Das Chorkonzert 57

Patockis beflügelter Heimweg 61

Der Name der Geigerin 65

Patockis erste Chorprobe 70

Zwei nachdenkliche Herren 74

Aristoteles und der Archivar 78

Das vorläufige Ende der Welt 82

Patockis großer Auftritt 86

Ein Brief von Louis 94

Die kleine Mäh und die Philosophie 99

Herr Patocki im Delirium 103

Der Liebesbrief 107

Herr Patocki kommt zurück 111

Herr Patocki rappelt sich auf 115

Onkel Patockis Märchenstunde 119

Ein Lahmacun für die kleine Mäh 123

Das Sommerfest 128

Eva am Baum der Erkenntnis 132

Herr Hohner schafft Ordnung 136

Herr Patocki begibt sich in ein Bordell 140

Herr Hohner folgt einer Vision 144

Die kleine Prinzessin 149

Herr Hohner hält eine Rede 153

Bregovics Garten 157

Bregovics Prüfung 162

Der verschwundene Pfarrer 168

Die Mitgliederversammlung 174

Janosch im Wasser 178

Der Dahingegangene 182

Schwermut 183

Angelikas Fest 186

Nachwort 191

Einleitung

Meine erste, wenn auch nur indirekte Bekanntschaft mit Herrn Patocki machte ich, als ich meiner Lebensgefährtin im 11. Obergeschoss des Hochhauses in der Elsa-Brändström-Straße einen Besuch abstattete, um ihr einen Blumenstrauß zu überreichen. Da dies mein erster Besuch bei Kathrin war, kannte ich mich in diesem Gebäudekomplex noch nicht aus und war auch nicht mit den Merkwürdigkeiten dieses Hauses vertraut. Schon auf der Feuerwehrzufahrt war mir ein Mann aufgefallen, der schimpfend eine Schippe mit Pferdeäpfeln vor sich her trug. Dies war der Hausmeister Alois, wie mir Kathrin später erklärte, der seit einiger Zeit höchst ungehalten darüber war, dass einer der Bewohner den Aufzug dazu benutzte, sein Pferd darin zu beherbergen. Als ich wenig später in der Eingangshalle auf den Aufzug wartete, wunderte ich mich über eine Hausbewohnerin, die ein Heubüschel in den Händen hielt. Ich bemerkte recht wohl die skeptischen Blicke, mit denen sie meine Blumen musterte. Schließlich wollte sie wissen, ob ich etwa beabsichtigte Hermine damit zu füttern. Ich verneinte ohne zu verstehen. Dann öffnete sich die Aufzugstür. Ich traute kaum meinen Augen, als dahinter ein weißes Pony zum Vorschein kam. Das Tier sah uns neugierig an und schien durchaus daran gewöhnt zu sein von den Hausbewohnern gefüttert zu werden. Die Dame schien es sogar besonders gut mit dem Tier zu meinen und hielt ihm unter kindlichem Zureden das Heu vor die Nase, nicht ohne noch einmal einen abschätzigen Blick auf meinen Blumenstrauß zu werfen. Ich zögerte noch die Kabine zu betreten, als Hermine geradewegs in meinen Blumenstrauß biss und selbstzufrieden damit begann die schönsten und zartesten Blütenblätter zwischen ihren Kiefern zu zermalmen. Sofort wies mich die Dame durchaus nachdrücklich darauf hin, dass Zierblumen Pferden nicht zuträglich seien. Ich zeigte mich einsichtig, bedauerte den Vorfall vielmals und machte mich auf die Suche nach dem Treppenhaus, um zu Fuß in die 11. Etage hinauf zu steigen.

Kathrin ließ sich von der Enttäuschung darüber, dass ich mit leeren Händen vor ihrer Tür erschien, nichts anmerken. Doch da ich meinen Blumenstrauß unter schwierigen Bedingungen und nicht unerheblichem Zeitdruck erworben hatte und mich zu unrecht um meine höflichen Absichten gebracht sah, berichtete ich ihr, was im Aufzug geschehen war. Kathrin lachte.

»Einfach abgebissen?«, fragte sie und füllte unsere Weingläser.

Dann erzählte sie mir die Geschichte, wie Hermine in den Aufzug gekommen war. Das Pony gehöre einem Kind, das in der 23. Etage bei einem gutmütigen Sonderling wohne. Dieses Mädchen habe das Pferd von einem anderen Hausbewohner geschenkt bekommen, nachdem dieser, ein arroganter Schnösel im Übrigen, wie Kathrin betonte, den Hund dieses bedauerlichen Geschöpfs mit seinem Auto überfahren hatte. Dieser Schnösel sei überdies ein ganz unangenehmer Zeitgenosse, der sich ständig beschwere und in aller Öffentlichkeit behaupte, der Gesang des Elsa-Chors verursache Lackschäden an seinem Porsche.

Kathrin entzündete ernstlich verärgert eine Kerze und stellte den Topf mit dem Essen neben einer leeren Blumenvase auf den Tisch. Außerdem sei dieser... dieser Wichtigschiss so vermessen gewesen, sie zu einer Spritztour in seinem lächerlichen Porsche einzuladen. Ich lobte verlegen das unvergleichlich köstliche Gericht und behauptete beiläufig, dass ich mich noch drei Mal zu dem Floristen unweit der Bushaltestelle begeben hätte, um neue Blumen zu besorgen, die aber jedes Mal von diesem unersättlichen Gaul zerstört worden waren.

Dieser Großkotz, fuhr Kathrin fort, ohne darauf einzugehen, habe sich danach im Stadtteiltreff eingeschmeichelt, indem er seinen Porsche für die Belieferung des Brotkorbs zur Verfügung gestellt und dem einfältigen Herrn Bregovic eine Stelle als Schaffner vermittelt habe und sei, aufgrund eines lachhaften Gutmenschentums, das er bei sich entdeckt zu haben glaubt, neuerdings sogar dazu übergegangen Busfahrkarten und Räucherstäbchen unter die Scheibenwischer von Luxuswagen zu stecken und dazu deren Felgen mit einem Ringschloss zu versperren. Glücklicherweise sei er unlängst bei einer dieser Aktionen festgenommen worden und säße wenigstens für die nächsten drei Monate da wo er hingehöre, nämlich hinter Schloss und Riegel! - Natürlich tadelte ich derlei revolutionären Übereifer auf das Entschiedenste, gab aber zu bedenken, dass den Schnösel womöglich gutgemeinte Absichten zu seinem Handeln veranlasst haben mochten...

Jedenfalls haben Kathrins Erzählungen schon damals mein Interesse geweckt für das Kind mit dem Pferd und den Sonderling, bei dem es wohnte, und für den Schaffner und natürlich auch für den Schnösel. Und so ist der Entschluss in mir gereift ihre Geschichte aufzuschreiben und sie nun, da Herr Patocki nicht mehr bei uns ist, gleichsam als Erinnerung an diesen sonderbaren Mann, in der Zeitung des Stadtteiltreffs zu veröffentlichen. Doch ich greife den Ereignissen voraus...

Herr Patocki tritt in ein Fettnäpfchen

André Patocki sei schon immer hier gewesen, berichteten mir die Alteingesessenen. Schon seit Anbeginn habe er bei stillem Trunke auf einem großen Stein im Gonsenheimer Wald stumm und freundlich in sein Weinglas gelächelt und gegen Mittag zuweilen mit einem tiefen Seufzer immer wieder das eine Wort gesagt haben: „Herrlich, herrlich!"

Viel später baute man dann die Siedlung um ihn herum, mit Hochhäusern und Tiefgaragen, und so musste er seinen sonnigen Felsen verlassen und in eine winzige Wohnung in der 23. Etage einziehen. Zuerst soll er ein wenig beleidigt gewesen sein. Als er aber auf den Balkon hinaustrat und seinen Blick über die Rheinebene und den Taunus schweifen ließ, brachte er wieder sein tief empfundenes „Herrlich!" hervor, das wir schon alle kennen, obgleich keiner so genau wusste, was er damit meinte: den Wein, die Landschaft, sein Leben oder die Welt überhaupt.

Außer dem Wein liebte Herr Patocki auch die Opern Richard Wagners, was seinen neuen Nachbarn so großen Verdruss bereitete, dass sie ihm einen Kopfhörer schenkten und dazu ein Buch von Schopenhauer. Und dann barg Herr Patocki noch eine andere, stille Liebe in seinem Herzen, die Liebe zu einer Geigerin, die er an langen Winterabenden hatte spielen sehen, zusammen mit einem Klarinettisten und einem Akkordeonspieler, in den warm erleuchteten Räumen des zwischen den Hochhäusern angesiedelten Stadtteiltreffs. Zwar drang durch die großen Fenster die Musik nur ganz gedämpft bis an sein Ohr, doch war es ihm vollkommen unmöglich geworden, auf seinen Spaziergängen einen anderen Weg einzuschlagen, als vorbei an diesem Ort, in der Hoffnung, sie wieder spielen zu hören.

Immer führte sein Weg vorbei an diesem Ort, aber heute, wo die schöne Geigerin anwesend sein sollte, fand Herr Patocki eine grell erleuchtete Baustelle vor. Bretter und Farbtöpfe standen umher, wo er einst der Musik in stiller Entrückung gelauscht.

»Ach!«, dachte er und stieß mit seinem Spazierstock verhalten auf den Betonboden. Im Inneren der Räumlichkeiten war man gerade dabei ein gewaltiges Möbelstück vor die Fensterwand zu rücken. Unter den Handwerkern erblickte Herr Patocki auch die Geigerin. Er erschrak, als er ihrer ansichtig wurde, ganz so, als sei er bei etwas Verbotenem ertappt worden. Er suchte nach einem Vorwand für sein Herumlungern hier draußen im Kalten und so versenkte er sich ostentativ in die Lektüre einer Ausgabe der ELSA-Zeitung, die an der Glastür aufgehängt war.

»Die bauen da einen Adventskalender, der die ganze Fensterfront ausfüllt«, sagte plötzlich eine Stimme.

Ein Mann mit Koteletten und einem runden Gesicht, auf dem eine verchromte Brille saß, stand neben ihm und las ebenfalls in der aufgehängten Zeitung. Herr Patocki lüftete seinen Hut. Gesellschaft kam ihm jetzt sehr recht. Man wandte sich wieder der Zeitung zu. Ein Rock ‚n' Roll-Abend wurde darin angekündigt, mit Songs aus den 50er und 60er Jahren.

»Sehen Sie einmal, da macht einer den Elvis. Den Elvis! Also Elvis ist ja schon schlimm genug, aber dann auch noch von Gunsenum! Hahaha, das muss ja die Hölle sein!« Herr Patocki wollte mit diesen Worten eine vertrauensvolle Atmosphäre schaffen und klopfte deswegen seinem Mitleser geradewegs auf die Schulter (obwohl er sonst ein stiller, fast schüchterner Mensch war). Die Geigerin war in einem der hinteren Räume verschwunden. Der Herr mit der schweren Brille fiel etwas in sich zusammen und wies Herrn Patocki darauf hin, dass dieser Elvis bereits mehrfach im Radio zu hören gewesen war. Die Geigerin kam wieder zum Vorschein, sagte etwas zu dem Akkordeonisten, dem, von ihren Worten abgelenkt, der Akkuschrauber aus der Hand fiel.

»Was Sie nicht sagen!«, meinte Herr Patocki beiläufig. Und dann geschah etwas Ungeheuerliches: die Geigerin sah aus dem Fenster, durch das noch unfertige Gerüst des Adventskalenders hindurch nach draußen. Ihr Blick traf auf ihn, André Patocki, auf ihn und seine ganze unwichtige Existenz und zwar mit voller Wucht.

»Vielleicht schauen Sie sich das Konzert einfach mal an!«, sagte der freundliche Mann an seiner Seite und stopfte einen weißen, bunt bestickten Hemdkragen unter seine Lederjacke, in die er sich fest vermummte. Es wehte ein kalter und feuchter Wind.

»Lassen Sie sich dieses Ereignis nicht entgehen. Sie werden es auf keinen Fall bereuen!«

Herr Patocki lüftete seinen Hut, aber die Geigerin war schon längst mit etwas anderem beschäftigt. Herr Patocki sackte in sich zusammen.

»Meine Band „The Sound Dogs" ist schon seit 1999 zusammen, natürlich nicht von Anfang an in dieser Besetzung. Steht alles auf meiner Homepage.«

»Nein danke, ich höre vorwiegend Wagner.«

Auf dem Heimweg zu seiner Stube hoch oben in der 23. Etage blieb Patocki noch einmal stehen. Langsam erholte er sich von dem ersten Schreck. Netter Mensch eigentlich, dieser... dieser... An irgendetwas Belangloses zu denken, beruhigte seine Nerven jetzt sehr. Dann aber, als ob ein Blitz in ihn gefahren wäre, wandte sich Herr Patocki um. Aber die Lichter im Stadtteiltreff waren erloschen und der Elvis von Gunsenum verschwunden.

Herr Patocki macht ein gutes Geschäft

»Nein, das ist nicht der Schornsteinfeger!« flüsterte eine junge Frau zu dem Kind, das über ihren Schultern hing und mit einem Finger auf Herrn Patocki zeigte. Die beiden waren ihm auf dem Zebrastreifen entgegen gekommen. Herr Patocki begriff nicht sofort. Er war auch etwas in Eile, weil er es für seine Pflicht hielt, die Straße bereits überquert zu haben, solange die Ampel noch grün war. Dennoch drehte er sich noch einmal um. Das Kind sah ihn noch immer mit großen Augen an. Er lüftete seinen Zylinder und stolperte dabei fast über die Bordsteinkante.

Patocki beeilte sich seine Wohnung in der 23. Etage zu erreichen, in der er sich schon seit vielen Jahren eingenistet hatte, um ein Leben in stiller Einkehr zu führen. Seine Einsamkeit hatte begonnen, nachdem er sich vorgenommen hatte, nur noch Erhabenes zu sagen, und seitdem man ihm ein Buch von Schopenhauer geschenkt hatte, hielt er die ganze Welt für eine unzumutbare Einrichtung, in der es sich nicht im Geringsten zu leben lohnte. Außer, wenn man sich der Kunst verschrieb. In der Kunst allein war Trost zu finden, fand Herr Patocki, und so hatte er es sich zur Gewohnheit gemacht, täglich eine Oper zu hören. So kam es auch, dass er sich für den einzig glücklichen Menschen hielt inmitten eines Ozeans aus Not und Elend.

Er erreichte die leer geräumte Eisdiele. Man hatte sich schon an die mit verblassenden Papiertischdecken zugehängten Fensterflächen gewöhnt. Doch jetzt in der Dämmerung erschien ihm die ganze Einkaufspassage wie die verlassene Kulisse eines staubigen Westernstädtchens. Der Wind wehte eine Plastiktüte durch die Gasse. »Hic transit gloria mundi!«, dachte Herr Patocki. Ein Hund kam ihm entgegen. Es war ein hellbrauner, freundlicher Hund mit einem Indianerhalsband. Er durchsuchte die Plastiktüte nach etwas Essbarem. Patocki kniete sich hin und rief den Hund zu sich. Der Hund blickte sich kurz um und lief davon. Patocki sah ihm nach. Erst jetzt bemerkte er die Versammlung vor den Türen des Stadtteiltreffs. Von dort her drang auch ein gedämpfter Rhythmus zu ihm und der flirrende Klang einer Geige. Herr Patocki kniete selbstvergessen auf dem kalten Boden und lauschte. Dann entschloss er sich zu den Menschen zu gehen. Mühsam zog er sich an seinem sich biegenden Spazierstock empor. Vielleicht war es auch in diesem Moment, als sich der erste gelbe Schmetterling einfand und beständig um seinen Zylinder herum flatterte.

Drüben im Stadtteiltreff spielte die Geigerin und die anderen beiden Herren. Als Herr Patocki näher kam, endete gerade ein Stück und das Publikum klatschte. Es waren viele Kinder anwesend, wohl wegen des Adventskalenders, der die riesige Fensterfläche ausfüllte. Ein Schachtelwerk aus Holz mit 24 bunten Vorhängen, anmutig beleuchtet von hunderten Lämpchen. Einige der Vorhänge waren bereits emporgezogen, doch Herr Patocki hatte keinen Sinn für die Kleinodien, die dort in den Kästen zu sehen waren. Denn jetzt sah er sie wieder, die Geigerin, die ihm schon so oft zu langen und bedeutenden Überlegungen Anlass gegeben hatte.

Ein kleines Mädchen war keinen Millimeter von der Seite der Geigerin gewichen und hatte ihr staunend beim Spielen zugehört. Der Klarinettist schenkte der aufmerksamen Zuhörerin eine Visitenkarte. Die Kleine untersuchte das Kärtchen von allen Seiten. Und dann, gleichsam als Zugabe des Trios, erklangen die wohl schönsten Töne, die Herr Patocki je in seinem Leben gehört hatte. In einer berückenden Fülle des Wohllautes entströmte der Violine ein Kinderlied. Herr Patocki kannte dieses Lied. Er kannte es aus einem Märchenfilm, an dessen Ende die Prinzessin auf einem Schimmel durch eine verschneite Landschaft reitet. Er fand diese Musik so unaussprechlich schön, dass er weinen musste. Es waren aber genussreiche Tränen. Tränen voller Sehnsucht und schwermütigem Neid. Patocki blieb noch lange hier draußen stehen inmitten der Festgesellschaft, die sich allmählich aufzulösen begann. Etwas fernab kniete eine junge Frau vor einem Mädchen, das mit einer vergilbten Reclam-Ausgabe des Tannhäuser in der Hand auf Herrn Patocki zeigte. Die Frau nahm das Kind fest in den Arm und blickte etwas gereizt zu Patocki herüber. Der merkte aber von all dem nichts. Selig betrachtete er das Kärtchen, das er diesem Kind gerade mit der ganzen Kühnheit eines schüchternen Mannes hatte entlocken können. Immer wieder las er den Schriftzug: »schall&rauch«.

Als er sich auf den Heimweg machte zu seiner Junggesellenbehausung hoch oben in der 23. Etage, ritt lautlos eine Prinzessin auf einem Schimmel über den verschneiten Parkplatz. Es war inzwischen Nacht geworden und ein gelbes Wölkchen aus Schmetterlingen flatterte um seinen großen Hut.

Herr Patocki im Gottesdienst

»Hallo, Herr Patoki!«, rief eine Frauenstimme. Herr Patocki wandte sich erstaunt um und die Schmetterlinge, die seit einiger Zeit um ihn herum flatterten, flogen hoch in die Luft, als er seinen Zylinder lüftete. Eigentlich hatte er nur einen kurzen Spaziergang unternehmen wollen, vorbei am Stadtteiltreff, wie es seine Gewohnheit war.

»Hallo, Herr Patoki!« rief die Stimme noch einmal. »Kommen Sie! Der Gottesdienst fängt gleich an.«

Eine kleine Gruppe mitteilsam gestimmter Seelen weilte vor dieser verheißungsvollen Glastür. Herr Patocki zögerte zuerst, dann folgte er der Stimme, begab sich zu den Leuten und alle gemeinsam betraten jenen Raum, den er schon so oft zu betreten nicht gewagt hatte. Die Stühle waren im Kreis aufgestellt und eine Kerze brannte vor einem Holzkreuz, das an der Wand angelehnt war. »Ich bin Frau M.«, sagte die Frau, die ihn so freundlich herbei gerufen hatte und klopfte ihm mit verschmitzter Miene auf die Schulter. Sie nahmen beide Platz. »Sind Sie heute zum ersten Mal hier im Stadtteiltreff?« Patocki nickte. Die Situation, in die er geraten war, begann ihn zu überfordern. Sein brausendes, von widersprüchlichen Gedanken hypertrophiertes Gemüt war gewohnt, die

Einwirkungen der äußeren Welt stets unter Berücksichtigung aller in Frage kommender Aspekte zu verarbeiten, oder anders ausgedrückt: er war etwas langsam im Geiste. Und so saß er ganz verschüchtert da und wagte kaum zu fragen, warum man ihn hier überhaupt kannte. »Mit Verlaub«, sagte er plötzlich zu Frau M., konnte sich aber zu einer weitergehenden Erklärung nicht entschließen.

»Was ich Sie schon immer einmal fragen wollte, Herr Patoki« flüsterte Frau M., »haben diese Schmetterlinge irgendeine Bedeutung?« Der Pfarrer hatte sich erhoben, trat an den Altar und sprach: »Wir singen nun das Lied Nr. 7511293«

Alle blätterten in ihren Gesangbüchern, während der Organist auf dem Keyboard sakrale Akkorde anstimmte.

»Mit Verlaub, ich heiße Patocki, wie Trotzki, nur mit Pa«, sagte Patocki verlegen.

»Psssst!«.

Flache winterliche Sonnenstrahlen schoben sich wie honigfarbene Balken durch das Fenster und brachten die goldene Inschrift auf der Stola des betenden Pfarrers zum Glühen. Das milde Licht, die Orgelmusik und die meditative Stimmung der Versammelten schläferten Herrn Patocki ein. Er sah nach draußen. Der Nachbar mit dem Schlittenhund stand etwas abseits vor der Tür und rauchte. Ganz oben auf einem der Balkone des Hochhauses schüttelte eine Frau ein Bettlaken aus, das sich heftig unter dem Wind blähte. Der Pfarrer brach eine Hostie über der Schale und begab sich zu den Gläubigen. Das Laken breitete sich vor dem Balkon aus und riss die Frau mit sich über die Brüstung, aber sie stürzte nicht in die Tiefe. Sie schwebte dahin wie ein Engel und dann, in einer leichten Wendung, als entböte sie ihrem Zuhause ein letztes Lebewohl, öffnete sich das Tuch und eine Böe trug sie zu den oberen Sphären empor, wo selbst die am höchsten fliegenden Vögel sie nicht mehr erreichten.

Frau M. riss Trotzki den Hut vom Kopf, als der Pfarrer mit Hostie und Kelch vor ihm stand.

»Was ist denn?« fragte Patocki erschrocken. Es dauerte einige Zeit, bis er verstanden hatte, dass er die Hostie nehmen und in den Kelch tunken sollte. Patocki war ganz verwirrt, entschuldigte sich allseits für seine Unwissenheit in religiösen Dingen, wies auf die Philosophie Schopenhauers hin, was aber in dieser Situation keinen rechten Sinn ergab, und schüttelte verzweifelt die Hand der Frau M..

Dann sagten alle »Amen« und setzten sich wieder. Als sich aber die Gemeinde zu einem letzten Lobgesang erhob, schämte sich Herr Patocki sehr und zwei der Schmetterlinge, die um ihn herumgeflattert waren, fielen leblos auf seine Schulter und zerstoben zu einem glitzernden Wölkchen, noch bevor sie den Boden erreicht hatten.

Nach dem Gottesdienst (die Ersten hatten ihre Jacken schon in der Hand) wandte sich Frau M. an den Pfarrer, bat ihn um Verständnis für die Zerstreutheit ihres Nachbarn, zuckte dabei die Schultern und betonte, dass es ihr selbst unerklärlich sei, wie dieser sonst so kunstsinnige Mann während eines so erhebenden und in jeder Hinsicht gelungenen Gottesdienstes hatte einschlafen können.

»Der Herr gibt es den Seinen im Schlaf«, antwortete der Pfarrer, »...wie es schon im Psalm 127,2 heißt. - Sagen Sie ihrem Nachbarn, dass er ruhig wieder kommen kann, um unter Gottes schützender Hand sein gesegnetes Mittagsschläfchen zu halten. Er ist herzlich eingeladen.«

Dann sahen beide aus dem Fenster. Herr Patocki war mit hastigen, etwas hüpfenden, o-beinigen Schritten, die Arme seitwärts abgespreizt, auf dem Weg nach Hause zu seiner winzigen Wohnung hoch oben in der 23. Etage.

Herr Patocki fasst einen Entschluss

André Patocki stand auf seinem Balkon oben in der 23. Etage und blickte in die eisige Winternacht hinaus. Er hatte bereits seinen Schlafanzug angelegt, doch als er der 1,5 Liter Prosecco-Flasche ansichtig wurde, die er vor wenigen Jahren im Getränkemarkt gewonnen, hier draußen gelagert und dann wieder vergessen hatte, überkam ihn großer Durst. Nun hätte sich Herr Patocki nicht dazu entschlossen, zu so vorgerückter Stunde eine neue Flasche zu öffnen, wenn durch ihren Anblick nicht sogleich philosophische Gedanken wach geworden wären, denen nachzugehen er nicht versäumen wollte. Er nahm also die Flasche und begab sich in seine Wohnung. Was war schon das Leben, dachte er, als er sich das erste Glas einschenkte. Was war das Leben all dieser vielen Menschen dort draußen? Er nahm einen großen Schluck, nickte dem Glas zu und blickte hinaus. Ein Lichtermeer breitete sich weitläufig zum Taunus hin aus. All die Menschen dort draußen, dachte er, lebten in stummer Vereinzelung hinter ihren beleuchteten Fenstern. Tagsüber strömten sie alle hinaus zu ihrer Arbeit, um des Abends wieder in ihre Wohnzellen zurück zu sinken, ganz beschwipst von den Mühen des Tages und den Verheißungen der Welt. Patocki genehmigte sich ein weiteres Glas. Dabei dachte er kurz an Frau M., die er neulich kennengelernt hatte, drüben im Stadtteiltreff, wo mittwochs die Geigerin probte und der Akkordeonist, dem mit seiner albernen Ziehharmonika das große Glück beschieden war an ihrer Seite weilen zu dürfen. Nein! Nein, die Menschen mussten endlich die Zeichen der Zeit erkennen und sich auflehnen gegen den Krämergeist, gegen den gefräßigen Leviathan, der sie zu Fremden machte unter Fremden, der ihre Seelen aufsog und sie als williges, traumloses Konsumvieh wieder ausspie, unempfänglich für das Leben und... für die Liebe.

»Man müsste sich organisieren!« dachte Herr Patocki und warf die Arme auf den Rücken. Immer stürmischer brandete das Lichtermeer gegen seine Balkontür. Er sah sich zu Füßen der Geigerin, wie er auf einem Akkordeon spielte und mit ihr zusammen musizierend gegen den allgemeinen Stumpfsinn ankämpfte. »Ja! Wir müssen wieder näher zusammen rücken!« murmelte Patocki, als er sein Glas noch einmal füllte. Rissen uns denn nicht die zentrifugalen Kräfte der modernen Zeit mit sich fort, zogen sie uns nicht in einen Strudel der Fremdbestimmung und unterwarfen uns einer postdemokratischen Feudalbürokratie... die uns zu traurigen, entseelten Marionetten machte. Jawohl, traurige Marionetten waren wir geworden! Zum Teufel mit dem Individualismus... dem Opium für das abhängig beschäftigte Volk! Patocki nahm entrüstet einen großen Schluck und war schon ganz benommen von den silbrig-dünnen Geigenlauten, die ihn umflimmerten. Dann trat er ans Fenster und beschwor den Nachthimmel: »Nein! Nein! Der Mensch ist nicht für das Alleinsein bestimmt! Man muss zusammen rücken heutzutage... und sich organisieren!« Patocki stapfte mit banger Entschlossenheit durch seine winzige Wohnung und spann seine reformerischen Überlegungen weiter. Es musste sich nur eine berufene Persönlichkeit finden, ein Mensch voller Inspiration und Charisma, ein Visionär, der das alles in die Tat umsetzte...

Der Morgen dämmerte schon rostrot über den Frankfurter Hochhäusern. Aus der Flasche tröpfelte nur noch ein letzter Rest in das leere Glas. Dann setzte Herr Patocki seinen Zylinder auf, griff nach seinem Spazierstock und verfügte sich geradewegs hinauf in die 44. Etage zu Frau M.. Er durchmaß den Flur, bog ab in einen anderen Flur, öffnete polternd verschiedene Glastüren ohne dabei seinen Schritt zu bremsen und klingelte schließlich an einer hübsch bebilderten Wohnungstür, die sich nach geraumer Zeit öffnete. Frau M. machte einen recht zerknautschten Eindruck. Gewiss, man stand wohl zu vorgerückter Stunde hier vor der Tür, aber keineswegs wollte er jetzt wegen kleinlicher Rücksichten diesen bedeutenden Augenblick verpassen und in eine entfernte, womöglich nie stattfindende Zukunft verschieben. Es duldete keinen Aufschub, hier und jetzt musste er sprechen!

Aber durch diese kurze strategisch-schickliche Verunsicherung hatte er einen Teil seines Hauptgedankens schon wieder vergessen und stand etwas schwankend und mit nichts anderem angetan als einem Schlafanzug und seinem Zylinder einer sichtbar erschrockenen Dame gegenüber, die ihrerseits noch um Fassung rang. Herr Patocki wäre am liebsten wieder nach Hause gegangen, aber die Treppenhausbeleuchtung erlosch und so fühlte er sich zu einer Verlautbarung von nennenswerter Wichtigkeit verpflichtet.

»Liebe Frau M.« hob er feierlich an. Ein unterdrückter Rülpser drang ihm unter die Augen.

»Verehrte Frau M.« wiederholte er und stupste dabei liebevoll-verspielt seinen Spazierstock auf den blau marmorierten PVC-Boden. Dann fügte er halblaut hinzu:

»Sie sollen es zuallererst erfahren: Ich kaufe mir ein Akkordeon!«

Das Spiel beginnt

Es war noch tiefer Winter, als sie sich auf den Weg machten. Ein schmaler Pfad nur war vom Schnee befreit und führte von den Hochhäusern direkt zum Stadtteiltreff. Je näher sie der Eingangstür kamen, umso langsamer wurden Patockis Schritte.

»Sie werden bestimmt viel Spaß haben, Trotzki«, sagte Frau M.

»die Leute sind alle sehr nett, und einen Akkordeonlehrer gibt es dort auch!«

Aber Herr Patocki fühlte sich beklommen. Dieser Lehrer, fragte er sich, war dies womöglich der Akkordeonist aus dem Trio schall&rauch, in dem auch die Geigerin spielte, die er so unendlich liebte und bewunderte? Herr Patocki fühlte, wie alles in ihm rebellierte, wie vollkommen unmöglich es ihm war diese Räume zu betreten. Frau M. öffnete die Glastür.

»Jetzt kommen Sie schon, hier beißt Sie bestimmt keiner!«

Unversehens stand er mitten im Café des Stadtteiltreffs. »Jetzt setzen Sie sich erst einmal gemütlich hier hin, und ich gehe den Akkordeonmann suchen!«

Der Raum war recht groß. Die breite Fensterfront und die hellen Steinfliesen ließen vermuten, dass er in früheren Zeiten als Laden oder als Gaststätte genutzt worden war. In der Mitte stand ein langer Tisch, an dem, Patocki erschrak, der Elvis von Gunsenum saß. Im hinteren Teil des Cafés gab es eine Theke und noch weiter hinten waren Zugänge zu anderen Räumen. In einem davon beschäftigte sich der Nachbar, den Patocki schon häufig in Begleitung seines Schlittenhundes gesehen hatte, mit einer Kamera, die an einen PC angeschlossen war.

»Sie sind also Herr Pakowski?«

Patocki wandte sich um. Er hatte gar nicht bemerkt, dass Frau M. mit dem Akkordeonlehrer zurückgekommen war. Es handelte sich tatsächlich um den Musiker aus dem Trio der Geigerin. Man schüttelte einander die Hände. Frau M. rückte Patockis Zylinder noch etwas zurecht, klopfte ihm auf die Schulter und wandte sich beschwingt dem langen Tisch zu, um den herum inzwischen eine Konferenz zu tagen begonnen hatte.

»Mit Verlaub, genau genommen heiße ich...« sagte Herr Patocki, doch der Akkordeonlehrer kam zügig zur Sache:

»Der Instrumentenunterricht hier im Stadtteiltreff richtet sich an alle, die entweder ein Musikinstrument lernen oder Anfänger darin unterrichten wollen. Derzeit unterrichten wir Geige, Klarinette, Gitarre und Klavier.

Freie Plätze gibt es noch für Kontrabass, Querflöte und natürlich Akkordeon.«

Mit der Kamera schien etwas nicht zu funktionieren, denn der Nachbar saß mit verschränkten Armen vor dem Bildschirm und schüttelte den Kopf. Gleichzeitig verabschiedeten sich vor der Glastür zwei Herren voneinander. Beide trugen ärmellose Jacken über ihren bunten Hemden und hatten die Haare zu langen Pferdeschwänzen zusammengebunden. Patocki würde sie für Zwillinge gehalten haben, wenn nicht der eine den anderen um mehr als einen Kopf überragt hätte. Der Kleinere verließ das Café, setzte sich draußen auf einen Schneehaufen und zündete sich eine Zigarette an, während der Größere sich der Versammlung am langen Tisch zugesellte.

»Das ist die Redaktion der ELSA - Zeitung« erklärte der Akkordeonist, um die Aufmerksamkeit seines Schülers wieder auf das Gespräch zu lenken.

Aus einem der hinteren Räume drang Geigenmusik, gedämpft zwar aber doch so schön wie ein Sommerregen.

»Man unterrichtet hier auch Violine?« fragte Herr Patocki zaghaft.

»Ich glaube, ich sagte es bereits.« erwiderte der Akkordeonist. Der Nachbar mit der Kamera lag unter dem Schreibtisch und überprüfte die Kabelanschlüsse.

»Übrigens heiße ich, wenn Sie erlauben...«

»Pakowski«, aber das wusste der Akkordeonlehrer bereits.

»Wissen Sie, Geige oder Klarinette, das kann man lernen, wenn man Zeit hat und ein bisschen musikalisch ist, aber Akkordeonspielen...«

Der Musiker schüttelte versonnen den Kopf und sagte, als würde ihm langsam eine unabänderliche Gewissheit zuteil:

»Nein! Akkordeonspielen, das ist nicht jedem gegeben!«

Der Nachbar erhob sich von seinem Platz vor dem Computer und wandte sich dem Ausgang zu. Im Vorbeigehen beschied er die Anfrage vom Konferenztisch, ob noch mit den Fotos zu rechnen sei, abschlägig und trat ins Freie. Gleichzeitig zerstob der Schneehaufen, auf dem noch immer der kleinere Zwilling saß, zu einer Wolke aus Eispulver, so dass dieser rücklings in die verschneite Buchsbaumhecke purzelte. Unter der Wolke kam der Schlittenhund zum Vorschein und schüttelte sich. Ein Gelächter ging durch den Raum. Nur Herr Patocki konnte nicht lachen. Er fühlte sich noch unbehaglicher als sonst. Was, dachte er, wenn es auch ihm nicht gegeben sein würde Akkordeonspielen zu lernen? Wenn er in Zukunft zwar die Geigerin häufiger würde sehen können, hier im Café des Stadtteiltreffs, sich aber vor ihr blamierte, weil er womöglich in musikalischen Dingen völlig untalentiert war?

»Das ist übrigens Stephan H., unser Chorleiter«, sagte der Akkordeonist und meinte damit den kleinen Mann, der sich draußen aus dem Schnee aufrappelte und vergeblich an seiner durchnässten Zigarette zog.

Einige der Schmetterlinge, die um Patockis Zylinder herum geflattert waren, klebten inzwischen ganz verschüchtert am Fensterrahmen, ein paar andere saßen dicht zusammen gepfercht auf dem Klavier und tuschelten miteinander, was sie sonst nie taten. Einer von ihnen ließ seine gelben Flügel sinken, kippte rücklings von der Gehäuseklappe und kreiselte stumm zu Boden, wo er tot auf den Steinfliesen liegen blieb.

Herr Patocki schwieg noch immer. Er wirkte oft mürrisch oder verstockt und irgendwie verhalten, aber nicht weil er wirklich mürrisch oder unbeteiligt war. Er war durchaus empfänglich für die Reize des geselligen Zusammenseins. Vielleicht sogar zu empfänglich und so befürchtete er stets, sich der Stimmung zu sehr hinzugeben und in einen unbeholfenen ästhetisch misslungenen Frohsinn auszubrechen. Sein Verhalten war stets gebrochen, halbherzig und ängstlich. Wenn er lachte, lachte er nur halb, wenn er etwas erzählte, verlor er schnell den Faden und wenn er sich an einem Spiel beteiligte, versuchte er seine Unsicherheit durch besondere Geschicklichkeit auszugleichen, wodurch er jeden heiteren Zeitvertreib unsinnig ernst nahm und damit alle Ungezwungenheit in seiner Umgebung verdarb. Patocki war sich seiner stimmungstötenden Ausstrahlung durchaus bewusst. Es beschlich ihn daher ständig das Gefühl, sich entschuldigen zu müssen, was seine Lage sogar noch verschlimmerte. Herr Patocki war sich über all dies völlig im Klaren, während er immer mehr in sich zusammensackte. Dann schreckte er auf, denn ein schriller, mutwilliger Violinakkord zerschnitt die Luft wie splitterndes Glas.

Der Knopf mit der Delle

Der Akkordeonist stellte einen großen Kasten auf den Tisch, ließ die Schlösser aufschnellen und öffnete den Deckel. Ein schwarzes Akkordeon, eingebettet in roten Filz, kam darunter zum Vorschein. Er freute sich über den tiefen Eindruck, den dieser Anblick auf Herrn Patocki machen musste. Dann half er seinem Schüler etwas umständlich dabei das Instrument umzuschnallen. Patocki betrachtete den etwas sperrigen Kasten, der nun vor seinem Bauch hing und folgte halbherzig der Anweisung seines Lehrers, mit den Fingerspitzen der linken Hand auf den vielen Knöpfen herumzufühlen, die an dem Instrument angebracht waren.

»Lassen Sie sich nur Zeit, Pakowski, fahren Sie in aller Ruhe über die Oberflächen der Bassknöpfe und bald werden Sie etwas entdecken!«

Patocki wollte nachsehen, was es an den Knöpfen wohl zu entdecken gebe, aber es war unmöglich sich so weit über das Instrument zu beugen, um das Feld mit den Knöpfen betrachten zu können. Dann fiel ihm wirklich ein einziger Knopf auf, der sich durch eine Delle von allen anderen unterschied.

»Bevor Sie ihn drücken und die Vibrationen eines tiefen Tons an ihrem Körper fühlen«, der Akkordeonist sprach mit leiser, fast andächtiger Stimme, »...will ich Ihnen nicht verhehlen, dass es sich bei diesem Ton um das C handelt«.

Patocki wollte das tiefe C mit all seinen Vibrationen sogleich erbrausen lassen, doch der Akkordeonlehrer mummte sich mit verbittertem Gesicht in seine gelbe Strickjacke, verschränkte die Arme und zwirbelte ungeduldig seinen Ziegenbart. Dann ging er kopfschüttelnd auf und ab und rief:

»Man wagt es uns zu sagen...«, bei jeder dieser Silben bohrte er nachdrücklich seinen Zeigefinger in Patockis Schulter. Herr Patocki überlegte, was dies nun bedeuten sollte. Dann rief der Akkordeonist noch einmal:

»Man - wagt - es - uns - zu - sa - gen: der Staat könne die Kosten der sozialen Errungenschaften nicht mehr tragen!« Herr Patocki hielt erschrocken das C fest, um es nicht wieder zu verlieren. Der Akkordeonist wurde indes immer zorniger und unterrichtete Patocki über das perfide Unterdrückungssystem, das sich überall einzunisten begonnen hatte. Schon im 19. Jahrhundert habe kein Geringerer als Pierre-Joseph Proudhon der raffgierigen französischen Bourgeoisie die Frage entgegen geschleudert: Qu'est-ce que la propriété? »Was ist denn das Wesen des Eigentums, Pakowski? - Eigentum: C'est le vol! - Ja - wol! - Ei - gen - tum - ist - Dieb - stahl - Dieeb - stahl...«

André Patocki dachte an Frankreich und malte sich aus, wie schön es wäre, in einem buntbemalten Pferdefuhrwerk durch die Provence zu fahren und auf Dorfplätzen zu musizieren, zusammen mit der geheimnisvollen Geigerin aus dem Trio, dessen von allen guten Geistern verlassene Akkordeonist gerade vor ihm stand und im Begriff war jeden Kontakt mit der Realität zu verlieren. Mit ihr würde er reisen, ganz allein (und vielleicht noch mit Frau M. am Kontrabass). Bald vorlaut schrill, bald herzzerreißend traurig würde sich sein Akkordeon an die schwelgende Geige schmiegen und eins mit ihr werden. Am Abend würde man am Strand spazieren und in blauer Sommernacht durch die Felder gehen. Er würde seinen bloßen Kopf im Winde baden, ganz Träumer, würde die Frische der Gräser an seinen nackten Füßen fühlen. Er würde nicht reden, an nichts denken, doch weit würde er gehen und die Liebe würde seine Seele ganz durchtränken ...

Der Akkordeonlehrer ging aufgeregt auf und ab und fuhr in seinem Diskurs fort. »Die ärmsten 50% der Bevölkerung besitzen kaum einmal 10% des Vermögens in Deutschland, stellen Sie sich das einmal vor, Pakowski! Wohingegen die Reichen den - gan - zen - Rest - an - sich - ge - rafft - ha - ben oder zumindest 1%, also 50% davon... also von dem Vermögen.» Der Akkordeonist kam etwas mit den Zahlen durcheinander, aber es tat ihm wohl, außerordentlich wohl, einmal über alles reden zu können.

Aber nein, dachte Patocki, die Geigerin würde schall&rauch nie für ihn verlassen und für immer und ewig würde sie an der Seite dieses schwadronierenden Hasspredigers bleiben, weil er Akkordeonlehrer war und er selbst nur ein Anfänger. Ein Anfänger, das war er in allem! Unaussprechliche Trübsal umwölkte Patockis Gedanken. Nichts als ein Stubenhocker war er, der nicht die geringste Rolle spielte in dieser lebenssüchtigen Welt. Warum existierte dieses Universum überhaupt, fragte er sich, besser wäre, wenn gar nichts Seiendes sei! Aber das Nichts war ja aber gar nicht recht denkbar, ohne dass er selbst als seiendes Subjekt auch nicht sei oder seiend gewesen wäre. Dies war das Verhängnis!

Dann kam ihm eine Idee. Was, fragte er sich, wenn dem Akkordeonisten etwas zustieße? Irgendein Unglück könnte ihn auslöschen, nur angenommen, dann wäre es doch geradezu seine, André Patockis, unumstößliche Pflicht, der Geigerin beizustehen und den leer gewordenen Platz an ihrer Seite einzunehmen, ein Dienst an der Kunst und der Menschheit zugleich? Er schloss die

Augen und provenzalisches Frühlingsaroma umströmte sein Gesicht.

»Pakowski! Hallo? Der Knopf mit der Delle? Sie erinnern sich?« Patocki erschrak. Dann tastete er verlegen auf den Knöpfen herum und murmelte:

»Hier ist keine Delle!«

Nahendes Unheil

André Patocki stellte das Akkordeon neben seinem Sorgensessel ab. Er war schon den ganzen Tag am Üben. Nun aber wollte er noch einige Überlegungen über den „Ring des Nibelungen" anstellen, den er zusammen mit der Kindergruppe „Tutti-Frutti", dem ELSA-Chor und den Schülern des Musikprojekts aus dem Stadtteiltreff aufführen wollte. Die Orchestermusik sollte der Chor zusammen mit der genialen, bereits mehrfach erwähnten Geigerin übernehmen. Patocki selbst wollte mit dem Akkordeon die Partie des Heldentenors spielen. Dieser „Ring" zu Richard Wagners 200. Jubiläum sollte, dem niederen Leben gleichsam entrückt, auf dem Dach des Hochhauses aufgeführt werden. Für das Ende des „Rheingoldes" hatte sich Patocki etwas besonders Schönes ausgedacht. Eine Kamerafahrt aus einer Drohne sollte Wotan (Elvis von Gunsenum) fokussieren, während er die Götter über eine Regenbogenbrücke der Wolkenburg Walhall (eine am Abendhimmel prangende Projektion aus angeleuchtetem Trockeneis) entgegengeführt. Durch die Geschwindigkeit der fliegenden Kamera würden die Sterne hinter der majestätisch schreitenden Gruppe perspektivisch zu rasen beginnen, was auf Monitoren in ganz Gonsenheim ausgestrahlt werden sollte.

Alles hätte so schön werden können, wenn nur nicht der Akkordeonlehrer gewesen wäre! Dieser hatte nämlich verlangt, dass Patocki zuvor das alberne Stück „Pack die Badehose ein" üben sollte, weil dies, wie er meinte, Technik und Geläufigkeit festige. Nur Schikanen hatte er im Sinn, dieser neidische Beckmesser, der sein knechtisches Wesen sogar noch in der Musik ausleben musste, verbissen hinter seinem Akkordeon saß und mit seiner Pedanterie jedes Gefühl im Keim erstickte. Herr Patocki trat auf seinen Balkon und suchte nach der großen Prosecco-Flasche, die noch vor kurzem hier irgendwo gestanden hatte. Er fand sie aber nicht. So begab er sich wieder in seine winzige Wohnung zurück, warf die Arme auf den Rücken und ging wütend im Kreis herum.

Wogegen hatte dieser Akkordeonist nicht alles gewettert? Er fluchte über eine Dienstleistungsgesellschaft, in der sich die Versorgten genüsslich über die Werktätigen erhoben. Er polemisierte gegen eine Speichel leckende Bande von Vorgesetzten, die sich einer betrieblichen Obrigkeit andienten, damit es ihnen erlaubt sei von ihren Untergebenen mehr zu verlangen als von sich selbst. Er schimpfte über den globalen Angriff auf die Würde der Menschen und über die Enteignung der Lebenskraft in einem faschistoiden Arbeitsmarkt. Er hetzte gegen die Fleißigen, die ihre Seelen für einen Schleuderpreis verramschten, als gäbe es nichts Billigeres als die Freiheit. Nicht einmal die Rentner fanden Schonung vor seiner Raserei. Er ereiferte sich über regredierende Anspruchsgreise, die während ihres Arbeitslebens viel zu wenig Steuern gezahlt und dadurch die Staatsverschuldung in die Höhe getrieben hätten. Dann in unverdientem Vorruhestand die Sozialkassen vollends ausplünderten, um schließlich märchenhafte Vermögen zu hinterlassen, so dass die Steuerzahler sukzessive zu Schuldnern der Erbengeneration würden. Mit Gift und Galle bespie er eine Bürokratie, die dies alles unterstützte und nur dazu da war, das bildungsferne Konsumverhalten der Reichen abzusichern. Kurz: er war gegen eine Volkswirtschaft, die auf Unterdrückung basierte und nur Firlefanz hervorbrachte. Firlefanz und Demütigungen! Nein! Unter diesen Bedingungen sollte man lieber auf die Verheißungen des Wohlstandes komplett verzichten!

Herr Patocki musste die Balkontür noch einmal öffnen, um seine Schmetterlinge wieder herein zu lassen, die ihm nach draußen gefolgt waren und aufgeregt gegen die Scheibe flogen.

Vom Individualismus habe er sich befreit, behauptete der Akkordeonist und auch sonst habe er alle Illusionen von sich abgeschüttelt. Auch er, Patocki, sollte es ihm darin gleichtun. Denn was sei der Arbeitsethos denn anderes als internalisierte Feigheit? Und Leistungsbereitschaft? Das war der Schrei nach der im Aktivitätskommando verloren gegangenen Liebe!

Aha! Daher wehte der Wind! Der Akkordeonist tat nur so, als sei er ein Revolutionär! Vielmehr war er ein verbuckelter, gebeugter, resignierter und verbitterter Knecht, der mit seiner sozialistischen Attitüde einzig und allein die Absicht verfolgte, sich vor der Geigerin wichtig zu machen. Aus genau diesem Grund sabotierte er auch den spektakulären Jubiläums-Ring auf dem Dach.

Herr Patocki war ganz außer sich vor Wut. Fast hätte er gegen seinen Sorgensessel getreten. Dann erwog er Frau M. aufzusuchen, um sie vor den gemeingefährlichen Bestrebungen dieses Demagogen zu warnen. Schließlich riss er das Akkordeon noch einmal an sich und schmetterte das alberne Tralala mit der Badehose herunter, als wolle er das ganze Haus von der Niedertracht dieses falschen Lehrers in Kenntnis setzen. In abgehacktem Fortissimo ließ er seinen ganzen Verdruss an dieser harmlosen Melodie aus. Wie eine Kriegserklärung schleuderte er sie der Menschheit entgegen, bis einige Nachbarn vor seiner Tür standen und sich erkundigten, wie lange seine Etüden noch dauern würden.

Herr Patocki rastet aus

Das Unbegreifliche geschah an einem Mittwoch. Der Zufall hatte es so gewollt, dass André Patocki im Aufzug mit seinem Akkordeonlehrer zusammentraf. Nun war dieser aber, wie Patocki fand, ein Unsinnschwätzer, der keine Gelegenheit ausließ nach Anerkennung heischenden Schwachsinn von sich zu geben und mit dem Elend der Welt hausieren zu gehen.

Nachdem sich die Kabinentür geschlossen hatte, stellte dieser Unsinnschwätzer seinen Akkordeonkasten ab und wies Patocki beiläufig auf die allerneuesten politisch gewollten oder doch zumindest stillschweigend geduldeten Ungerechtigkeiten in unserer Gesellschaft hin:

»Wissen Sie, Pakowski, der Arbeitnehmer wird immer mehr zum Erfüllungsgehilfen für den Lifestyle der Oberschicht degradiert, er schuftet im Heizungskeller der Zivilisation, während...«

Doch noch bevor er seinen Gedanken ausbreiten konnte, fiel ihm Patocki ins Wort: »Niemand muss arbeiten!«

Patocki stieß seinen Spazierstock auf den Aufzugboden und gleich darauf rumpelte es in der Kabine, die Beleuchtung flackerte und mit einem Schlag blieb der Aufzug stecken. »Aber Pakowski, was ist denn los?«, fragte der Akkordeonlehrer erschrocken.

»Ich heiße Patocki! PA-TO-C-KI, wie Trotzki, nur mit Pa...«, schrie Herr Patocki ganz außer sich und rammte dem Akkordeonisten mit voller Wucht seinen Spazierstock auf den Fuß.

»Aua! Pa... Pakotzki! Was soll das denn jetzt... ?«

Doch schon schubste ihn Patocki mit den fünf Fingerspitzen gegen die scheppernde Aufzugswand, als wolle er mit dieser laschen Geste ihn und seinen ganzen verlogenen Klassenkampf ein für alle mal aus der Welt schaffen.

»Wissen Sie, was ich glaube? - Sie sind gar kein richtiger Akkordeonist! Sie sind... Sie sind ein Hassprediger, das sind Sie!«.

Die Situation geriet vollkommen außer Kontrolle und nur mit Grauen setze ich meinen Bericht fort. Zuerst trat Patocki gegen den Akkordeonkasten, dem ein herzzerreißender Seufzer entstieg.

»Mein schönes Instrument!«, jammerte der Akkordeonist und riss Patocki den Zylinder vom Kopf, auf dem er in rasender Wut herum trampelte, so sehr, dass die Aufzugskabine in donnernde Schwingungen geriet.

»Sie Karikatur!«

»Karikatur? Ich?« Dieses Wort traf Herrn Patocki in seinem innersten Wesen.

»Das ist kein Instrument, das ist ein Pennerspielzeug!«

Hatte sein Schüler da wirklich gerade „Pennerspielzeug" gesagt? Das war dem Akkordeonisten zu viel. Ihm platzte endgültig der Kragen. Er sah Patocki kalt an, dann trat er ihm gnadenlos gegen das Schienbein. Patocki wurde ganz blass und sackte zusammen, nicht ohne dabei zu versäumen seinem Gegner mit einem Karateschlag in die Kniekehlen zu fahren. Der Akkordeonist knickte nun ebenfalls um, und beide Herren kamen unter entrüsteten Schmerzenslauten übereinander zu liegen.

Der Akkordeonist rang nach Worten.

»Sie Witzfigur! Sie feuilletonistischer ... aargh ... Lückenbüßer, jetzt reicht es mir aber endgültig ...«

»Sie haben meinen Hut zerstört! Sie Hochstapler!«

Die wechselseitigen Beleidigungen wurden immer entsetzlicher und gingen unter den Kampfhandlungen in ein versacktes Gestöhn über. Die Kabine schwankte bedenklich im Schacht auf und ab und doch war keiner der beiden wirklich überzeugt davon, dass eine veritable Schlägerei zwischen ihnen ausgebrochen sein sollte. Bald gab man sich den Anschein, als handle es sich bei dem Vorfall nur um eine ulkige Art der Freundschaftsbekundung, bald setzte man aber das Gezerre in erneuertem Ingrimm fort, und so bemerkte keiner, dass sich die Kabine mit einem Ruck wieder in Bewegung gesetzt hatte.

Wenig später öffnete sich die Aufzugstür. Im Treppenhaus stand, inmitten einer wartenden Kinderschar, der Nachbar mit dem Schlittenhund. Wie versteinert blickte er in die Kabine und war völlig überfordert von dem unwürdigen Anblick, den die beiden übereinanderliegenden Herren boten. Dann schoss eines der Kinder mit einem Tischtennisschläger mehrmals in die Kabine. Einige lachten. Dann flog der Tischtennisschläger durch die Luft und traf den Schlittenhund, der aber diese Attacke nicht verstand und sich in Selbstvorwürfen erging. Der Nachbar versuchte die Ordnung unter den Kindern aufrecht zu erhalten, aber das vermehrte nur das Geschrei. Ein Kind riss den Hund an den Ohren, ein anderes hatte bereits Nasenbluten, Speiseeis (vermutlich Erdbeere) klebte an der Wand. Wegen des Lärms öffnete sich eine Wohnungstür nach der anderen und als ob ein böser Dämon in die Etage gefahren wäre, brach ein heftiger Tumult unter den Nachbarn aus. Man machte sich gegenseitig Vorwürfe, alte Rechnungen wurden beglichen und unterschwellige Aggressionen verbreiteten sich im ganzen Flur.

»Sie Sozialschmarotzer!« rief einer.

»Blockwart!«

»Islamist!!«

»Nazi!«

Nachdem sich die Aufzugstür wieder geschlossen hatte, rappelten sich Patocki und der Akkordeonist ganz verstört auf. Sie taten dies unter größter gegenseitiger Schonung, waren einander sogar beim Ordnen der derangierten Hemden behilflich und lachten verschämt über den ruinierten Hut. Im Erdgeschoss angekommen wollte einer dem anderen beim Verlassen der Kabine den Vortritt lassen. Schließlich verließen beide eilig und sehr förmlich die Eingangshalle. Jeder in eine andere Richtung.

Sehr geehrter Herr Stephan H.

Ich selbst bin nur ein Außenstehender und habe mit dem ganzen Brimborium, das in der letzten Zeit um Herrn Patocki getrieben wird herzlich wenig zu tun. Doch da mein langjähriger Freund, Aristoteles Bregovic in diesen Vorfall verwickelt worden ist, sehe ich mich veranlasst etwas Licht in die entstandene Debatte zu bringen. Denn die Schieflage zwischen den beiden Herren scheint mir auf einem gewissen Kommunikationsdefizit zu beruhen. Aristoteles ist, wie Sie wissen, ein äußerlich etwas spröder und innerlich alberner Mensch, der (leider!) nur mit einem sehr zweifelhaften Urteilsvermögen ausgestattet ist. Zudem ist er durch die Zwänge der Berufstätigkeit zutiefst verbittert. Wie ich ihn kenne, hat er nicht gezögert, Herrn Patocki ganz unverblümt seine fragwürdigen politischen Ansichten mitzuteilen. Herr P. hingegen interessiert sich, wie ich befürchte, nicht im Geringsten für Politik, sondern ist schlichtweg eifersüchtig auf meinen Freund Ari. Eifersüchtig, weil dieser Mitglied des namhaften Trios schall&rauch ist, dem bekanntlich eine hübsche und talentierte Geigerin großen Glanz verleiht und an die Herr P. offensichtlich sein Herz verloren hat. Aus diesem Umstand resultiert auch das verhängnisvolle Missverständnis, das sich zwischen den beiden Herren etabliert hat. Während dieser in jenem den ersten Alliierten zu einer gewaltigen sozialen und politischen Bewegung gefunden zu haben glaubt, wächst der Ärger des Verliebten über die Arroganz und Eitelkeit seines vermeintlichen Widersachers. Je mehr Ari mit seinen eben-

so gutgemeinten wie didaktisch ungeschickt vorgebrachten Ideen auf Herrn P. einzuwirken versucht, umso zorniger wird dieser, weil er nur Wichtigtuerei und Eitelkeit darin erblickt. Mit der Zeit scheint sich dieser Konflikt immer weiter aufgeschaukelt zu haben.

Ich hoffe, dass ich durch diese kurze Stellungnahme etwas mehr Klarheit bringen konnte über die Hintergründe jenes entsetzlichen Zwischenfalls, der sich unlängst im Aufzug unseres Hochhauses zugetragen hat und bei dem, wie nun bekannt geworden ist, die Bevölkerung einer ganzen Etage beinahe vollständig ausgelöscht wurde, sodass Herr Patocki inzwischen zu einer persona non grata geworden ist.

ein Freund des Stadtteiltreffs

Herr Patocki wird gerügt

»Ich bin enttäuscht von Ihnen! Ich kann Ihnen gar nicht sagen, wie enttäuscht ich von Ihnen bin!« Frau M. war so enttäuscht, dass sie es kaum vermochte ihren Worten irgendeine Betonung zu geben. Herr Patocki eilte ihr nach.

»Liebe Frau M.«, flehte er sie an.

»Liebe... verehrte Frau M., ich bin völlig unschuldig. Dieser falsche Musiklehrer wollte mich auslöschen... mit seinem Geschwätz und seiner Wichtigtuerei! Außerdem hat er meinem Hut zerstört... aus politischen Gründen!«, fügte Herr Patocki mehrmals hinzu, um auf die Komplexität des Vorgefallenen hinzuweisen.

»Ach, lassen Sie mich doch in Ruhe!«, entfuhr es Frau M. Dann schwiegen beide. Patocki trottete etwas gebeugt hinter ihr her. Sein rundes Gesicht war durch ihr andauerndes Schweigen ganz zerknittert. Dann blieb er stehen und setzte zum Beweis seinen ruinierten Hut ab, um ihn Frau M. zu zeigen.

Es war ein sonniger Morgen an jenem Pfingstsonntag und der Schatten der Blätter spielte auf dem Waldboden. Frau M. hatte schon fast die Vierzehn-Nothelfer-Kapelle erreicht.

»Aus politischen Gründen!«, rief Patocki noch einmal, dann murmelte er noch etwas von Massaker und Notwehr und Selbstaufopferung. Schließlich legte er sein Gesicht erneut in Falten und seine Augen quollen etwas hervor. Frau M. hatte doch überhaupt keine Vorstellung von den ungeheuerlichen Misshandlungen, die er hatte erdulden müssen und von seinem aufopferungsvollen Kampf gegen das Unrecht.

»Das war Notwehr! Gegen den Terrorismus!«, rief er.

Doch Frau M. war schon in der Kapelle verschwunden.

Ein grüner Wellensittich, der gerade die Wendelinusschneise entlang geflogen kam, wunderte sich, dass Patocki mit einem Hut sprach. In vollem Fluge wandte er sich noch einmal um und als er sah, wie dieser kuriose Mensch mit verzweifelter Miene in das Gotteshaus hastete, brach er in ein krächzendes Gelächter aus, überschlug sich dabei in voller Geschwindigkeit und prallte rücklings gegen einen Kiefernstamm. Von dort purzelte er lautlos wie ein Wollknäuel auf den Boden, wo er mit ausgebreiteten Flügeln liegen blieb.

In der Kapelle war es kühl und dunkel. Eine Seniorin war dabei sich umständlich neben Frau M. niederzulassen. Herr Patocki kam gerade noch rechtzeitig, schob die Seniorin samt Sitzkissen ein Stück zur Seite und nahm selbst zwischen den beiden Damen Platz.

»Dieser „Terrorist", wie sie sich ausdrücken«, flüsterte Frau M. ohne ihn anzusehen,

»...ist übrigens ein ausgesprochen hilfsbereiter Mensch! Er hat erst neulich mein Badezimmerschränkchen repariert!«

Als die Orgelmusik anhob, versank die Gemeinde in kontemplativem Schweigen. Im Hintergrund glänzte der reich verzierte Altar mit den vergoldeten Figuren der Nothelfer. Die Kapelle wirkte innen viel größer und erhabener, als man von außen vermuten würde.

»Badezimmerschränkchen! Dass ich nicht lache!«, dachte Patocki.

»Ich habe Sie mit in den Stadtteiltreff gebracht«, flüsterte Frau M.

»Sie haben gar keine Ahnung, wie schwierig es gewesen ist diese Einrichtung aufzubauen und jetzt, wo sie endlich allseits einen guten Ruf genießt... da kommen Sie und walzen alles nieder mit ihrem brutalen Charakter und jetzt seien Sie endlich still oder wollen Sie den Gottesdienst auch noch zerstören? Sie Bestie!«

Priesterlich erhoben stand vor dem Altar der Diakon, engelgleich angetan mit Stola und langem Gewand, die Arme ausgebreitet und die Handflächen dem Himmel zugekehrt, als wolle er den Heiligen Geist empfangen, der sogleich auf die versammelte Christenschar herabregnen würde. So stand er, als das Orgelspiel verstummte, und so stand er noch, als das Wort »Bestie« durch den Raum zischte. Er stand regungslos und schwieg und sein Blick ruhte geduldig auf Frau M..

Patockis Hoffung, der herabregnende Segen könnte Frau M. wieder etwas milder stimmen, schwand dahin.

Nun war Selbstkritik nicht eigentlich die Sache des André Patocki, doch langsam begann er sich konfus vor sich hin zu schämen. In schweigsamer Missstimmung feierte man die Eucharistie zu Ende und ohne sich verabschieden zu dürfen, machte sich Herr Patocki auf den Heimweg. Die Hände tief in die Taschen gebohrt brummte er in sich hinein, als er den Waldweg entlang stapfte. Fast hätte er das grüne Knäuel übersehen, das im Unterholz zwischen Zapfen und verwelkten Zweigen auf dem Boden lag, leblos, mit offenem Schnabel und abgeknickten Flügeln. Er hob es auf, bettete es in seinen zerknautschten Hut und blies vorsichtig durch sein Gefieder. Frau M. stand auf der Treppe vor der Kapelle und sah, wie er in seinen Hut pustete, sich noch einmal umwandte, dann bald nachgrübelnd auf seinen Spazierstock gestützt sich an der Stirn kratzte, bald in seinen Hut hinein schimpfte und gestikulierend seinen Weg fortsetzte zu seiner kleinen Wohnung hoch oben in der gottverlassenen 23. Etage. Dann schüttelte Frau M. den Kopf ohne etwas Bestimmtes dabei zu denken, während eine Wolke aus gelben Schmetterlingen um sie herumflatterte.

Der lachende Hut

Stephan H., der Vorsitzende der Redaktion, betrat das Café des Stadtteiltreffs, deponierte eine große Schachtel unter dem Stuhl am Kopfende des langen Konferenztischs und nahm Platz. Dann richtete er einige Worte der Begrüßung an die Versammelten und sprach in aller Ruhe so lange weiter, bis vollkommene Stille eingetreten war und alle ihre ungeteilte Aufmerksamkeit der nunmehr eröffneten Redaktionssitzung widmeten.

»Schließlich«, fuhr er fort, »begrüßen wir heute ein neues Mitglied in unserer Runde«.

Alle Blicke richteten sich auf Herrn Patocki, der etwas schüchtern seinen ruinierten Zylinder lüftete.

»Es ist Herr André Pakowski...«

»Patocki!« unterbrach ihn Frau M.

»Herr Patozcki« verbesserte sich H. und fuhr fort:

»Natürlich freuen wir uns über jede personelle Bereicherung für unsere Zeitung. Obwohl Sie, wie ich gerade erfahren habe, nicht nur ein Mann des Wortes sind, sondern auch einer, der...« - der Vorsitzende suchte nach passenden Worten - »...einer, der wie mir Ari Bregovic soeben mitgeteilt hat, seinen Standpunkt durchaus auch... nachdrücklich durchzusetzen weiß!« Dann wandte sich H. wieder an alle: »Ihr müsst wissen, dass Herr Patozcki im Rahmen unseres Musikprojektes eine Zeit lang bei Ari Bregovic Akkordeonunterricht genommen hat, was allerdings...« - Frau M. blickte etwas betreten in ihre Unterlagen. Herr Patocki hätte auch gerne in Unterlagen geblickt, hatte aber keine dabei - »...was allerdings irgendwie in einem Handgemenge endete...«

»So genau wollen wir das gar nicht wissen!«, rief plötzlich Frau M..

»Die Hauptsache ist doch, dass wir jetzt ein neues Redaktionsmitglied haben! Außerdem ist Trotzki ein großer Musikkenner und hört sogar Wagner!«

Herr Patocki war sehr ergriffen von den resoluten Worten, die Frau M. in seiner Angelegenheit gefunden hatte. Auch die anderen Anwesenden waren von Frau M.'s beherztem Einschreiten beeindruckt und klopften voller Anerkennung auf den Tisch.

Vom Klopfen und der gehobenen Stimmung in der Konferenz neugierig geworden, kam Patockis grüner Wellensittich aus dessen Fracktasche hervorgekrochen und kletterte auf den Tisch. Nachdem das putzige Tier mit großem »Hallo!« begrüßt und von seinem Besitzer allen als „Schroffenstein" namentlich vorgestellt worden war, begann der Vorsitzende die einzelnen Redaktionsmitglieder vorzustellen. Als aber die Reihe an den Elvis von Gunsenum gekommen war, brach der noch immer lädierte Schroffenstein in ein krächzendes Gelächter aus, hüpfte wild auf dem Tisch herum, sodass seine Krallen auf der glatten Oberfläche zur Seite wegrutschten, was ihn furchtbar zu amüsieren schien. Patocki war entsetzt, stülpte seinen verbeulten Zylinder über den vorlauten Vogel und setzte den Hut mitsamt seinem schimpfenden Inhalt auf den Boden.

Die Sitzung nahm ihren Verlauf und bald tauchte die Frage auf, wer einen Artikel über das bevorstehende Konzert des berühmten ELSA-Chors im Rheinhessendom schreiben sollte. Der Hut hatte sich inzwischen in Bewegung gesetzt und glitt leise kichernd über die Steinfliesen geradewegs auf ein Kissen zu, auf dem es sich Janosch, der Hund der Geigerin, bequem gemacht hatte. Als der Hut gegen das Kissen stieß, fletschte Janosch die Zähne. Der Hut machte kehrt und setzte ohne Eile seinen Weg zur Computerecke fort. Dort war der Nachbar mit dem Schlittenhund gerade damit beschäftigt, die für die Zeitung vorgesehenen Fotos zu bearbeiten. Genauer gesagt, er lag wieder einmal unter dem Tisch und überprüfte die rückwärtige Verkabelung des PC. Ganz von seiner Arbeit absorbiert tastete er nach der Kamera, die neben ihm lag, um sie probehalber noch einmal anzuschließen, bekam aber versehentlich Patockis verbeulten Hut zu fassen. Er hob den Fetzen in die Höhe, worauf ihm der aufgedrehte Wellensittich spaßeshalber in die Hand hackte. Der

Nachbar fuhr mit einem Schrecken auf, knallte mit dem Kopf gegen die Unterseite der Tischplatte und sank seiner Sinne beraubt zu Boden. Sogleich machte sich Schroffenstein an den Steckern zu schaffen, erhielt einen Stromschlag und kam ebenfalls ganz kleinlaut neben dem niedergestreckten Nachbarn zu liegen.

Am Redaktionstisch hatte sich Herr Patocki inzwischen bereit erklärt, den Artikel über das große Konzert des ELSA-Chors im Rheinhessendom zu verfassen. Die Sitzung zog sich in die Länge. Vieles musste noch diskutiert und erwogen werden, schließlich ist die Herausgabe einer Zeitung ein mühsames Geschäft.

»Was ist denn jetzt mit den Bildern?« fragte Marlene.

»Rüdiger? Wie weit sind die Fotos?« Rüdiger, der sich langsam wieder etwas erholte, gab sich verhalten zuversichtlich, was die Fertigstellung der Bilder betraf.

Alle Artikel waren in der Planung, die Fotos für das Layout demnach so gut wie fertig und die Redaktionssitzung konnte nun getrost geschlossen werden.

»Und zu guter letzt...« sagte Stephan H. und zog genüsslich einen nagelneuen Zylinder unter seinem Stuhl hervor,

»...habe ich hier noch etwas für unser neues Redaktionsmitglied!«

Für Herrn Patocki, gestiftet von schall&rauch

stand auf einem Kärtchen, das an den Hut geheftet war. Patocki war tief bewegt von dieser großzügigen Geste. Langsam begriff er, dass ihm die schöne Geigerin sehr gewogen sein musste, wenn sie ihm und nicht dem unverschämten Akkordeonisten ein so schönes Geschenk machte. Patocki erhob sich, sprach allen seinen Dank aus, bis ihm vor Rührung die Stimme versagte und er mit Tränen kämpfen musste, als er sich auf den Heimweg begab. Erst viel später kam Patocki noch einmal zurück, um seinen Wellensittich zu holen, den er ganz vergessen hatte, so erfüllt war er von seinem neuen Hut und von dem richtungsweisenden Artikel über den ELSA-Chor, den er im Geiste bereits zu schreiben begonnen hatte.

Das Chorkonzert

Festen Schrittes und den Notizblock in der Hand betrat André Patocki den Rheinhessendom. Es sollte ein ganz besonderer Artikel werden, den er über den Auftritt des ELSA-Chors schreiben wollte. Nicht nur, weil er ein großer Kenner der Musik war, sondern auch, weil jene Geigerin, die er schon so lange bewunderte, heute den Chorgesang begleiten würde. Bestimmt würde auch sie später seinen richtungsweisenden Bericht lesen, dachte Patocki nicht ohne Stolz und wies ein letztes Mal seinen Wellensittich, darauf hin, dass man sich bei einem so hochrangigen kulturellen Ereignis leise und unauffällig zu verhalten habe. Dann steckte er ihn in seine Brusttasche und lauschte, denn schon erklangen die ersten sakralen Akkorde und die Stimmen hoben an. Der Wellensittich strampelte neugierig in Patockis Hemd und streckte mucksmäuschenstill seinen Kopf hervor. Als er aber die Chorgestalten im Altarraum stehen sah und hörte, wie sie sangen, erschien ihm dies in seiner ornitho-psychologischen Wahrnehmung so ulkig, dass er es kaum aushalten konnte. Er hielt die Luft an, dann purzelte er wie ein angezündeter Knallfrosch über Patockis runden Bauch, überschlug sich, kugelte ein Stück über den Kirchenboden und flatterte von dort über die Köpfe des Publikums hinweg in das weitläufige Kirchenschiff. Herr Patocki lüftete seinen Zylinder, um sich für die Störung zu entschuldigen, nahm in dezent ratloser Scherzhaftigkeit die Verfolgung auf, stolperte in der Eile über eine Handtasche, hielt sich im Fallen an einem kleinen Mädchen fest, von dessen Kleid ein paar Knöpfe absprangen, rutschte auf den Knien weiter, raffte sich in der Vorwärtsbewegung wieder auf, zertrat dabei einen Plastikgegenstand, der aus der Handtasche gerollt war und lüftete ganz fassungslos ein zweites Mal seinen Hut, nachdem der Wellensittich zu allem Überfluss in sein gewohntes krächzendes Gelächter ausgebrochen war.

»Schroffenstein! Pssst! Hierher!«

Patocki versuchte den Vogel mit seinem Hut einzufangen, doch der entwischte durch eine schmale Tür.

»Schroffenstein! Komm da raus!« rief Patocki nun schon etwas lauter, während er hinterher eilte und die ersten Stufen einer Wendeltreppe hinaufstapfte, die sich hinter der Tür befand.

Bald hatte sich das Publikum wieder beruhigt und erneut hoben die Stimmen des ELSA-Chors an, die so träumerisch in den alten Kirchenmauern verschwebten, dass man schon bald die Störung durch den Wellensittich vergessen hatte.

Inzwischen war Patocki schon ganz außer Atem. Er war in einer staubigen und zugigen Kammer angekommen. Schroffenstein saß auf der Holzverkleidung des in die Höhe strebenden Raums. Als er sah, wie sich Patocki heranwälzte, flüchtete er durch einen der Zwischenräume hinter die Wand. Patocki rüttelte an den Brettern, riss eines davon herunter und zwängte sich hindurch. »Schroffentein!«

Der Wellensittich saß auf einem Mauervorsprung und hielt seinen Kopf schräg. Es blies ein grimmiger Wind und erst als Herr Patocki zufällig nach unten blickte, wurde ihm mit Entsetzen klar, dass er sich in Schwindel erregender Höhe an der Fassade des Kirchturms befand. Er wagte kaum mehr sich auch nur einen Millimeter weiter zu bewegen. Nur mit den Fingerspitzen und einer kleinen Ecke seines Schuhs vermochte er sich an der Mauer festzuhalten. Schließlich gelang es ihm sich mit dem Griff seines Spazierstocks an einem der oberen Schallbretter des Glockenraums einzuhaken, was ihm etwas mehr Halt gab. Für einen Moment erlag er sogar der Illusion, er könne alleine wieder heruntersteigen, doch dann blickte er noch einmal in den gähnenden Abgrund unter sich. Nein, er saß fest. Eingeklemmt wie eine fette Spinne zwischen den Mauervorsprüngen!

»Hilfe! Zur Hilfe!«, sagte er leise, verstummte aber wieder, als die ersten Besucher die Kirche verließen und sich unter ihm auf dem Platz vor dem Portal ansammelten. »Wenn nun gleich die Geigerin... nein!« Lieber wollte er sterben, als sich vor ihr durch sein vertrotteltes Herumhängen hier oben zu blamieren. Allein schon durch diesen Gedanken, rutschte er ein Stück von der Mauer ab und hing nun nur noch an seinem Spazierstock. Schroffenstein hüpfte auf Patockis Schulter, krallte sich fest und flatterte, als wolle er seinen ungeschickten Freund am Herabstürzen hindern. Patocki konnte sich kaum mehr halten. Seine Finger schmerzten und ein Krampf in der Wade quälte ihn, da er ein Bein waagerecht halten und seinen Fuß ausstrecken musste, um sich zwischen den Mauern zu verkeilen. Lange würde er diese Anstrengung nicht mehr aushalten, und so nahm Herr Patocki Abschied von seinem Leben und von seiner großen Liebe.

»Leb wohl...«, sagte er, »...du unergründliche... zauberische Zigeunerin meiner Seele!«

Er schloss die Augen. Sein ganzes Dasein konzentrierte sich auf seine Fingerspitzen. Dann wartete er, bis dieser dünne Faden, an dem sein Leben hing, abreißen würde.

Patockis beflügelter Heimweg

An einem kühlen Sommernachmittag stand André Patocki am Zebrastreifen vor der Inselkirche und wollte die Breite Straße überqueren. Er stand da und wagte kaum sich zu bewegen, weil er den dichten Autoverkehr nicht gefährden wollte, der an ihm vorüber rollte. Überhaupt war André Patocki sehr verunsichert, da er in letzter Zeit mit Schrecken seinen wahren Charakter hatte erkennen müssen. Er hatte sich immer für einen gutmütigen und kunstsinnigen Menschen gehalten. Aber was hatte er stattdessen getan? Er hatte den unglücklichen Ari Bregovic verprügelt und musste, nachdem er als Musikkorrespondent zu einem Konzert in den Rheinhessendom geschickt worden war, zur allgemeinen Belustigung von der Feuerwehr vom Turm heruntergeholt werden, weil er sich...

Ein Autofahrer war stehen geblieben und winkte. Herr Patocki lüftete mehrmals entschuldigend seinen Zylinder und ging los, wollte sich bei dem Fahrer noch einmal persönlich für seine Höflichkeit bedanken, rannte aber schnell zur anderen Straßenseite, als dieser ihn durch ein dezidiertes Hupen zu größerer Zielstrebigkeit aufforderte.

»Immer stehe ich im Weg herum!« seufzte Herr Patocki. Nein! Zu nichts war er nütze. Er war nicht Teil dieser glückgehärteten Welt. Er war es nie gewesen! Sein Schicksal war es in einer winzigen Wohnung zu hausen und Opern zu hören. Gramumwölkt und die Hände tief in die Taschen gebohrt stapfte Herr Patocki die Breite Straße entlang.

In der Pfarrer-Grimm-Anlage fiel ihm eine Festveranstaltung auf. Er trat näher und in der Mitte der allgemeinen Aufmerksamkeit, stand sie, die Geigerin, um derentwillen er beinahe vom Kirchturm gefallen wäre. Zusammen mit den beiden Herren von schall&rauch spielte sie irische Folkmusik. Ein Stück, das leise begonnen hatte und immer schneller und lauter wurde. Sie spielte noch viel schöner als sonst, mutwillig und zerbrechlich zugleich, wie eine Porzellanfigur auf einem Katapult. Der Rhythmus nahm Herrn Patocki so gefangen, dass er begonnen hatte ganz selbstvergessen mit dem Finger zu dirigieren. Die gelben Schmetterlinge, die ihn stets umgaben, flatterten neugierig um Janosch herum, der auf der geplätteten Akkordeontasche zwischen den Musikern lag. Der Hund schnappte ärgerlich nach einem der Schmetterlinge, verschluckte ihn und blickte darauf betreten zur Geigerin.

Die Musik ging zu Ende. Das Publikum klatschte und Herr Patocki entbot dieser rätselhaften Frau, mit der er sicher nie im Leben ein Wort würde wechseln können, ein letztes, stilles Lebewohl. Dann machte er sich auf den Weg zurück zu seiner Wohnung hoch oben in der 23. Etage.

»Herr Pakowski!« rief plötzlich eine Frauenstimme.

Patocki blieb stehen. Wer mochte das gesagt haben? Sein Herz klopfte. Er drehte sich zaghaft um. Die Geigerin saß auf einem Cajón, drehte sich eine Zigarette und sah ihn mit ihren braunen Augen an. Zwischen ihren Fingern rollte sie ein Papierchen um den Tabak herum. Dann fuhr sie mit der Zungenspitze langsam den Klebestreifen entlang. Herr Patocki stand da, als ob er in die Mündung einer Kanone schauen würde. Ein Windstoß wehte Bregovics Notenblätter davon, der beim Versuch sie wieder einzufangen bäuchlings auf sein Akkordeon fiel, das er noch umgebunden hatte.

Sie sah ihn noch immer fest an, dann zog sie eine Braue nach oben und sagte:

»Morgen: Chorprobe!«

Patocki verfiel in eine Art Trance, lüftete seinen Zylinder oder glaubte zumindest dies getan zu haben und stammelte:

»Sehr wohl!«

Dann ging er los. Er trat zuerst ganz vorsichtig auf, als wolle er die Welt nicht beschädigen, die gerade so viel Schönes zu ihm gesagt hatte. Langsam beschleunigte er seine Schritte und begann zu laufen. Er lief, obwohl er nicht eben sehr sportlich war, geradewegs auf die Bushaltestelle zu. Der Busfahrer wartete freundlicherweise, aber Patocki rannte einfach weiter. Er rannte und rannte. »Morgen...« hatte sie gesagt und: »Chorprobe!« Sie hatte diese wundervollen Worte an ihn gerichtet, obwohl ihr der Auftritt kaum Zeit dazu gelassen hatte!

Am Juxplatz angekommen, eilte er zur Kapellenstrasse weiter, stürmte bei Rot über den Zebrastreifen, ein Wagen musste bremsen, was Patocki aber nicht im Geringsten kümmerte. Wie schön es anmutete, wenn sie rauchte! O wie betörend sie den Rauch einsog und ihn wieder aus ihren Lippen entließ! Patocki rannte die Kapellenstraße entlang bis in den Wald hinein. Er rannte auf die Fußgängerbrücke, kehrte wieder um, rannte zur Vierzehn-Nothelfer-Kapelle und dann zum Tierpark, vorbei an gleichgültig kauenden Rehen, weiter zu den Hochhäusern, wo er sich unsinnigerweise mit seinem Spazierstock durch die stachelige Begrünung schlug, die den Parkplatz umgab, hastete die Treppen hinauf zur 23. Etage, kehrte vor seiner Wohnungstür wieder um, rannte hinunter, weil er vergessen hatte in den Briefkasten zu schauen, um dann (es war nichts drin) mit ebenso großer Geschwindigkeit noch einmal hinauf zu stürzen, wo er sich aufgewühlt in seinen Sorgensessel warf, auf dem er ausgestreckt langsam wieder zur Ruhe kommend, mit Schweißperlen auf der Stirn und völlig außer Atem in einem heroischen Schlummer versank.

Der Name der Geigerin

»Herr Patocki!« Rüdiger klopfte vorsichtig an den Papiercontainer. »Hallo Herr Patocki! Ich störe nur ungern, aber es ist so weit!« Die Klappe des Containers hob sich langsam.

»Gewiss! Ich komme!«

Seitdem Herr Patocki ehrenamtlicher Reporter der ELSA-Zeitung geworden war, vergrub er sich oft in diesem Container und recherchierte in dem darin zusammengetragenen Material für Artikel, die er irgendwann einmal zu schreiben beabsichtigte. Dabei hatte ihn die Sammelleidenschaft gepackt. Er sammelte Fotos aus weggeworfenen Illustrierten, schnitt sie aus, archivierte sie in dicken, bunt bemalten Aktenordnern und versah sie mit einem überbordenden System von Erläuterungen. Es waren Fotos von alten Schlössern und Burgen, von romantischen Landschaften, von Planeten und entfernten Galaxien. Er sammelte Porträts längst verstorbener Adliger, Gemälde der alten Meister, Statistiken und Diagramme, Fotos von exotischen Menschen, auch leicht bekleidete Damen waren darunter, und er hatte sogar eine Aufnahme von einem explodierenden Walfisch. Ganze Nächte verbrachte er mit dem Studium dieser kuriosen Galerie und verstieg sich darüber zu den verwegensten Spekulationen über die Welt, über die Menschen und über die Liebe.

»Was die Leute nicht alles wegwerfen!«, sagte Herr Patocki, als er mit einem Bündel alter Zeitungen umständlich aus dem Container herauskletterte. Rüdiger nickte kurz. Sein Schlittenhund hatte sich inzwischen hingelegt und war eingeschlafen.

»Jetzt kommen Sie schon, Frau Wolf!«, sagte er lakonisch und zog an der Leine, aber Frau Wolf rührte sich nicht von der Stelle. Patocki wischte sich ein paar Papierschnipsel vom Ärmel.

»Sie wissen, dass ich zu der heutigen Chorprobe persönlich eingeladen worden bin von der Gei... von der Maestra! - Mein Erscheinen dort duldet keinen Aufschub!« Rüdiger nickte eilig und zog noch einmal an der Leine.

»Wo wir gerade davon reden«, fügte Patocki etwas verlegen hinzu, »Sie kennen nicht zufällig den Namen der Maestra?«

Rüdiger zuckte die Schulter, steckte sich eine Zigarette an und grüßte beiläufig Herrn Bregovic, den Akkordeonisten, der in diesem Moment mit seinem Fahrrad die Straße entlang raste.

Plötzlich fühlte Herr Patocki, wie sich eine Hand unter seinen Arm schob und sich bei ihm einhakte. Er war überrascht, wenn auch nicht unempfänglich für solche Liebenswürdigkeiten. Es war die Hand der Frau M., die mit einer Notenmappe unter dem Arm ebenfalls auf dem Weg zur Chorprobe war. Sie trug ein schickes Kostüm, das er noch nie an ihr gesehen hatte. »Worauf warten wir noch?«, fragte Frau M., bemerkte dann aber Frau Wolf, die fest eingeschlafen war. »Ja, die Frau Wolf macht ein Nickerchen! Das kann dauern! Vielleicht gehen wir schon einmal vor, Trotzki?« Sie zog Herrn Patocki sachte am Arm und so begaben sich beide zur Chorprobe in den Stadtteiltreff.

»Haben Sie schon die Noten bekommen?«, fragte Frau M. Aber Herr Patocki hörte gar nicht hin. Er war ganz absorbiert von der Vorstellung, dass er gleich die Maestra sehen würde, auf deren persönliche Einladung er nun hier ging, und überlegte, mit welchen Worten er sie begrüßen wollte.

»Trotzki! Hallo! Ich habe Sie etwas gefragt!«, sagte Frau M..

Es störte Herrn Patocki ein wenig, dass Frau M. so

viel redete. Dann dachte er wieder an sie. Die namenlose Geigerin, die wie aus dem Mond gefallen die ganze trostlose Hochhaussiedlung in einen rätselhaften Zauber hüllte. Die Maestra, um die sich alles für ihn drehte, die Musik, der Chor und selbst die richtungsweisenden Artikel, die er zu verfassen sich entschlossen hatte, wegen der er seine Tage im Papiercontainer zubrachte, um ihr zu zeigen, dass auch er ein Künstler war, ein Schriftsteller, ein Eingeweihter in den höheren Dingen, so wie sie!

Frau M. zog ihren Arm zurück. An der Bushaltestelle hatte sich ein Verkehrsstau gebildet und eine Menschenmenge stand auf der Straße herum.

»Da muss etwas passiert sein!«, meinte Frau M.

Dann schwiegen beide bis sie den Stadtteiltreff erreicht hatten. Im Inneren waren schon einige der Chorsänger versammelt und hatten Stühle im Halbkreis um einen Notenständer herum aufgestellt. Patockis Blick fiel auf einen offenen Geigenkasten, der vor dem Klavier auf dem Boden lag. Sein Herz begann zu klopfen, dann erst bemerkte er, dass Frau M. ihn ansah. Er fühlte deutlich, dass er nun etwas sagen sollte, blätterte verlegen in seinen alten Illustrierten. Dann bekam er Angst. Alles um ihn herum erschien plötzlich laut und grell. Am liebsten wäre er Frau M. um den Hals gefallen, um sich an ihr festzuhalten. Der Hund der Geigerin war aus dem Probenraum gekommen und schnüffelte an Patockis Zeitungen. Seine feuchte Nase berührte kurz Patockis Hand.

»Liebe Frau M., ich würde Sie gerne etwas fragen!«, flüsterte Patocki. Frau M. sah ihn neugierig an. Die Worte strömten aus ihm hervor, obwohl er gar nicht wusste, was er eigentlich fragen wollte.

»Liebe Frau M.! Ich würde Ihnen gerne eine Frage stellten... Sie kennen nicht zufällig den Namen von... der Geigerin.«

Frau M. ließ eine Sekunde lang Patockis Frage auf sich wirken. Dann riss sie die Glastür auf und verschwand, ohne ein Wort zu sagen, zwischen den Chorsängern.

Patockis erste Chorprobe

Der Chorleiter stand vor seinem Notenständer und schlug mit der Gitarre einige Akkorde an. Die meisten Sänger saßen bereits auf ihren Plätzen. Die Chorprobe hätte nun beginnen können, wenn nicht noch einige Damen vor dem Fenster gestanden und Zeuginnen eines Unglücks hätten werden müssen, das sich vor der Bushaltestelle zugetragen hatte. Ein Notarztwagen stand quer auf der Straße.

»Typisch Brego!«, meinte eine der Damen etwas herzlos. Selbst Patockis Vogel flatterte aufgeregt hin und her und krächzte erschüttert, als man den Verletzten auf einer Bahre in den Rettungswagen schob.

»Hallelujah!«, flüsterte Heinz und meinte damit das Lied, das der Chorleiter die ganze Zeit geduldig wiederholte, um die Aufmerksamkeit der Damen wieder auf die Musik zu lenken. Heinz, so hieß der Bass, neben dem Patocki zu sitzen gekommen war. So weit hatte man sich bereits miteinander bekannt gemacht. Heinz hielt Patocki ein Notenblatt vor die Nase, das mit „Hallelujah" überschrieben war.

»Und Sie? Sind Sie Bass oder Tenor?«, fragte Heinz.

»Ich bin...«, Herr Patocki lüftete unwillkürlich seinen Zylinder, denn in diesem Moment bemerkte er, dass, ganz versteckt in einem Winkel neben dem Klavier, die Geigerin auf einem Lautsprecher saß und leise ihr Instrument stimmte.

Eine der Sängerinnen trat an den Notenständer neben dem Chorleiter. Heinz stieg mit einem tiefen, rhythmisierten Dum-dum-dumdum in die Gitarrenbegleitung ein und zeigte Patocki auf dem Notenblatt die Stelle, an der man sich gerade befand. Die Sängerin hatte inzwischen begonnen eine leise Melodie zu dem sich nun schon seit geraumer Zeit dahin schleppenden Groove anzustimmen. Es war ein englischer Text, ein Gospel, der sich innig und lakonisch zugleich allmählich entspann. Ihre Stimme wurde drängender, stieg immer höher, drohte sich zu einem übermütigen Forte zu versteigen, bis sie, überaus schön, in den sicheren Hafen eines versöhnlichen Hallelujah einzulaufen sich entschloss. Andächtig setzten nach und nach auch die übrigen Chordamen ein.

»Das ist Kathrin!«, erklärte Heinz, der sichtlich beeindruckt Herrn Patocki antippte, um ihn auf die Solistin aufmerksam zu machen.

Patockis Wellensittich hatte sich inzwischen wieder beruhigt. Er war auf die Schulter der Geigerin geflogen und pickte behutsam an ihren Ohrringen. Etwas überrascht ließ sie sich seine Zutraulichkeit gefallen ohne dabei das Spiel zu unterbrechen. Sie trug ein Oberteil aus grünem Jeansstoff. Es war aus unzähligen Flicken zusammengesetzt. Am unteren Rand teilte sich der grobe Stoff zu langen Streifen, die wie aus Moos ihre Hüften umflossen. Eine lange Kapuze rankte über ihren Rücken. Ein niedlicher Waldschrat, so saß sie auf dem Lautsprecher, eine Traumgestalt, die einem Märchenwald entstiegen war, eingekehrt zu einem kurzen, unwirklichen Gastspiel bei den Menschen.

Als das letzte Hallelujah verklungen war, wandte sie dem neugierigen Besucher auf ihrer Schulter das Gesicht zu. Schroffenstein drückte sich so scheu an ihre Lippen, als ob er die ganze Seligkeit fühlen könnte, die Herr Patocki bei diesem Anblick empfand. Leise strich der Bogen über die Saiten. Dann schloss sie ihre braunen Augen und in regungsloser Verklärung stand ihr Gesicht vor ihm, so groß und unentrinnbar, wie es schon all die Monate vor ihm stand, da er sie so unendlich bewunderte. Patocki taumelte. Er hielt sich an Heinz fest. Das Notenblatt mit dem Hallelujah zerknitterte, als Heinz den Strauchelnden stützte der, unter dem tiefen Eindruck, den die Geigerin auf ihn machte, zu einer Schaufensterpuppe erstarrt war und umgekippt wäre, wenn ihn niemand festgehalten hätte.

In der Pause verteilten sich die Sänger. Einige begaben sich in das Café und plauderten oder aßen Kuchen, andere standen vor der Glastür. Auch die Geigerin war draußen. Sie saß etwas abseits an eine kühle Betonbrüstung gelehnt und rauchte. Herr Patocki war allein im Probenraum zurück geblieben. Er sah hinaus. Er konnte sie in dem Halbdunkel kaum sehen. Erst langsam gewöhnten sich seine Augen an das schwache Licht, das durch das Fenster auf sie fiel. Der Tabak glühte knisternd auf, als sie an ihrer Zigarette zog. Dann strömte der Rauch aus ihrem großen Mund. Die Qualmkringel stiegen durch das fahle Licht empor und zerrissen langsam zu unförmigen Spiralen.

O du! Von bläulichem Dunstkreis umhüllte Kreatur, priesterlich erhoben, in duldsamer Stille, wundersam erstarrt!

Herr Patocki warf die Arme auf den Rücken und fragte sich, wie er dieses überirdische Wesen jemals würde ansprechen können, wo er doch noch nicht einmal ihren Namen kannte! Fieberhaft stapfte er um den Notenständer herum. Die gelben Schmetterlinge, die stets um ihn waren, schwirrten ziellos durch den Raum, fielen zuweilen wie welke Blätter zu Boden oder zerstoben zu goldenen Wölkchen, wenn sie einander berührten. Und immer fragte sich Herr Patocki nur das eine:

»Wie nur? Wie?«

Zwei nachdenkliche Herren

Einige Tage nachdem Ari Bregovic mit seinem Fahrrad die Elsa-Brändström-Straße entlang gerast war und sich dabei nach einem entzückenden Fräulein, das mit Leggings und bunten Stiefelchen angetan war und auf der Feuerwehrzufahrt in seinem Schulranzen kramte, umgeschaut hatte, dadurch in seiner Aufmerksamkeit abgelenkt zur Mitte der Fahrbahn abgewichen und wegen eines entgegen kommenden PKW zu einem scharfen Schlenker gezwungen, dann vor den entsetzten Gesichtern der an der Bushaltestelle Wartenden an die Bordsteinkante gestoßen und unter dem Raunen der Wegspringenden auf den Betonboden aufgeschlagen war und sich dabei das Schlüsselbein gebrochen hatte, saß Herr Patocki in seiner winzigen Wohnung, hoch oben in der 23. Etage und übte auf seinem Akkordeon das C-dur Präludium aus dem *Wohltemperierten Klavier* von Johann Sebastian Bach.

Noch während der Behandlung im Krankenhaus nahm Aristoteles Bregovic seine politische Aufklärungsarbeit wieder auf und versäumte es nicht, zuerst die Schwestern, später auch den Chefarzt und dann sogar eine auffallend hübsche Physiotherapeutin über die himmelschreiende Ungerechtigkeit, die in der Welt herrschte, zu unterrichten, sodass man entschied ihn vorzeitig als geheilt zu entlassen. Seitdem verbrachte er die einsamen Tage der Rekonvaleszenz in seiner Wohnung in der 44. Etage und grübelte in zunehmend depressiver Verstimmung über sein Leben nach.

Einige Stockwerke darunter versuchte sich André Patocki noch immer an dem bereits erwähnten Präludium. Er trug dabei das Bild der schönen Geigerin in seinem Herzen. Er dachte an ihr Trio schall&rauch und an Ari Bregovic, der das unfassbare Glück hatte, mit ihr in diesem Ensemble spielen zu dürfen. Patocki wurde ganz eifersüchtig und setzte mürrisch ein weiteres Mal zu dem Präludium an. Doch die Namenlose stand so unverrückbar vor seiner Seele, dass er das Akkordeon wieder zur Seite stellte, die Arme auf den Rücken warf und sich ebenfalls in schwermütigen Überlegungen erging.

Was war denn so Schlimmes geschehen? War denn nicht eigentlich alles wie sonst? Zugegeben, in der Chorprobe hatte ihn eine kurze Ohnmacht übermannt, als Schroffenstein auf ihrer Schulter gesessen hatte. Aber dergleichen sollte nicht noch einmal geschehen. Damit sollte es jetzt ein Ende haben! Noch war es nicht zu spät! Noch konnte er dem Verderben entrinnen! Jeder Veranlassung musste er ausweichen, die einen solchen Anfall erneuern könnte. Er fühlte die Kraft dazu. Er fühlte die Kraft, es zu überwinden und es gänzlich in sich zu ersticken.

Herr Patocki bohrte seine Hände tief in die Taschen und wanderte nachdenklich um seinen Teppich herum.

Sein Kopf saß noch tiefer zwischen den Schultern als sonst und ein scharfer drängender Schmerz stieg ihm vom Magen aus in den Hals hinauf. Aber er würgte ihn herunter und richtete sich entschlossen auf, so gut er konnte.

»Gut«, sagte er dann, »das ist jetzt zu Ende. Ich will mich nie wieder um so etwas kümmern. Anderen mag die Liebe Glück und Freude gewähren, mir aber bringt sie immer nur Kummer und Leid. Ich bin fertig damit. Es ist für mich erledigt! Finito! Nie wieder!«

War denn nicht sein bisheriges Leben schon ausgefüllt genug, auch wenn es nicht voller Liebesglück war und nur in stiller Kontemplation dahin floss? War es denn nicht genug, die Freuden, die ihm zugänglich waren, in ihrer ganzen friedlichen Fülle zu genießen, den Duft der Blumen, die Spaziergänge im Gonsenheimer Wald, den Gesang der Vögel. Konnte man für solche Dinge nicht dankbar sein? Ja, selbst die unerfüllten Wünsche, die Sehnsucht, konnte man um ihrer selbst willen lieben. Denn war das süße, schmerzliche, vage Sehnen und Hoffen nicht genussreicher als die Trivialität der Wirklichkeit?

Liebevoll streichelte er den Holzkasten, in dem er die buntbemalten Ordner archivierte, die er aus dem Papiercontainer exzerpiert hatte. Er wunderte sich noch, dass die Schmetterlinge, die stets um ihn herum flatterten, zusammengedrängt auf der Türklinke saßen und Schroffenstein darunter am Schlüsselbund hing und am Türrahmen nagte. Schließlich warf Herr Patocki die Arme wieder auf den Rücken und umkreiste noch etliche Male schweigend den Teppich. Endlich entschloss er sich, noch einmal den Papiercontainer aufzusuchen, den er schon längst als sein »Bureau« bezeichnete. Er setzte seinen Zylinder auf und öffnete die Eingangstür. Dann blieb er überrascht stehen, denn auf seiner Fußmatte lagen einige Kopien mit Noten, an die ein Zettelchen geheftet waren. Mühsam entnahm er dem Krikelkrakel, das darauf stand:

Huhu Herr Patocki,
am Mittwoch ist ein Kindertheater - wir machen die Musik dazu. Unser Akkordeonmann kommt aber nicht mehr.
Magst du für ihn einspringen ???
Es grüßt eine aufgeregte Geigerin

Aristoteles und der Archivar

Es war an einem der folgenden Spätsommerabende, als Aristoteles Bregovic in der 44. Etage auf der Brüstung seines Balkons stand, um seinem Leben ein Ende zu setzen.

Was hatte er denn schon vom Leben? Tagein tagaus war er damit beschäftigt, Vorgesetzten zu gehorchen und Kundschaft zu bedienen und dabei zu lächeln bis er kotzte, in dieser verlogenen und faschistoiden Dienstleistungsgesellschaft. Er hatte dies alles so satt. So unendlich satt! Selbst im Stadtteiltreff war er zum ehrenamtlichen Laufburschen geworden. Am liebsten würde er alles, worin er anderen je nützlich gewesen war, was andere je an ihm verdient hatten, in die Luft sprengen und diesem privilegiengeilen Egoistenpack das Einzige vor die Füße werfen, was sie ihm noch gelassen hatten: sein Leben! Ein Sack voller Arbeitskraft war er doch für sie, sonst nichts!

Er musste springen! Allein schon um diesem brennenden, allgegenwärtigen Hass ein Ende zu machen. Dem Hass auf die Glücklichen und Versorgten, denen er mit seinem Tod einen wohlfeilen Handlanger entreißen wollte.

Es fasste ihn ein Ekel, vielleicht auch vor sich selbst, und eine irrsinnige Wut erfüllte ihn, sich zu vernichten, sich in Stücke zu zerreißen und sich auszulöschen. Und so bemächtigte sich Ari Bregovic des einzigen Eigentums, das er besaß, und nie war er reicher und freier gewesen, als in diesem einen Augenblick, da er seine Hand von der Betonwand, an der er sich festgehalten hatte, zurückzog.

Er blieb einen Augenblick unbeweglich stehen. Dann kippte er nach vorne, lautlos und langsam, so wie ein Baum fällt. Der Wind fuhr in sein Gesicht, als er kopfüber in die Tiefe stürzte und ein kräftiger Schuss Endorphine betäubte sein Empfindungsvermögen. Fast schon gleichgültig sah er den Betonboden auf sich zu kommen und mit dem letzten Pulsschlag, der in seinen Schläfen klopfte, verhallte die dumpfe Erinnerung an eine Musik, die er einst mit schall&rauch gespielt hatte. Dann dachte er - ganz merkwürdig - für den Bruchteil einer Sekunde an Herrn Patocki und verlor das Bewusstsein.

Nun hatte es der Zufall so gewollt, dass sich André Patocki in diesem Moment zu Studienzwecken in einem der Papiercontainer aufhielt. Er hatte beide Klappen geöffnet und den Aluminiumkasten in die Mitte der Feuerwehrzufahrt geschoben, um in der Dämmerung besser sehen zu können. Und so kam es, dass Aristoteles Bregovic durch die offenen Plastikklappen fiel und auf einem Polster aus leeren Kartons und leider auch genau auf Patockis neuem Hut landete.

»Ummpf!«, sagte Bregovic.

»Was? Sie schon wieder?«, rief Patocki.

»Wo ist mein Hut?«

Bregovic zog die Rudimente eines zerdrückten Zylinders unter seinem kraftlosen Körper hervor. Patocki wurde böse und rang nach Worten. Dann lief er rot an:

»Sie... Sie... Bestie!« Aristoteles sah ihn schweigend an.

»Sie wagen es mich - in - mei - nen - Stu - dien - zu - stö - ren...«, er stach drohend mit jeder Silbe seinen Zeigefinger in Bregovics Schulter, »...und zer - stö - ren - a - ber - mals - mein - Ei - gen - tum!«

Aristoteles schüttelte leise den Kopf und stumme Tränen rannen über sein Gesicht. Patocki war verunsichert und murmelte etwas von Sachbeschädigung und von einer unglückseligen Verkettung von Umständen und dass er schließlich kein Unmensch sei. Dann legte Aristoteles seinen Kopf auf Patockis dicken Bauch. Patocki wusste nun überhaupt nicht mehr, wie er sich verhalten sollte. Er warf seinen ruinierten Hut zur Seite, dachte einen Moment lang nach, seufzte und sagte dann, dass auch er ein Leidender sei.

Nach einer Weile bekam Patocki große Lust sich mitzuteilen. Er erzählte, dass er hier im Papiercontainer regelmäßig für seine redaktionelle Arbeit für die ELSA-Zeitung recherchierte und dass man ihn dort deswegen schon den »Archivar« nannte. Er erzählte, wie er seinen Wellensittich gefunden hatte, einst im Wald vor der Vierzehn-Nothelfer-Kapelle und dass es großes Aufsehen gegeben hatte, als man ihn, Bregovic, während der Chorprobe vom Fenster aus mit dem Fahrrad hatte stürzen sehen. Bei dieser Gelegenheit versäumte er es auch nicht sich zu erkundigen, wie lange ihn seine Verletzung noch am Musizieren hindern würde. Schließlich kam er zu seinem Lieblingsthema: Richard Wagner. Der Archivar gab von jeder einzelnen Oper eine ausführliche Inhaltsangabe. Er erzählte von Siegfried, der die Sprache der Vögel verstehen konnte, von den Helden und Göttern, den Nibelungen, den Rheintöchtern, den Gralsrittern und von Lohengrin, der sich in einen Schwan verwandelt. Die Schmetterlinge flatterten gleichmütig im Container umher und langsam beruhigte sich Aristoteles unter Patockis gedämpfter, aber zunehmend begeisterter Stimme.

So lagen die beiden Herren die ganze Nacht, vertieft in ein langes und inniges Gespräch. Zuweilen schwiegen sie auch nur, doch taten sie dies mit gebrochenen Herzen, beide, und so bemerkten sie auch nicht, dass Alois, der Hausmeister, die Klappen längst wieder geschlossen und den Container an seinen Platz zurückgerollt hatte.

Das vorläufige Ende der Welt

»Wo bleibt sie nur?«, dachte Herr Patocki, während am Redaktionstisch das übliche Geschnatter herrschte. Außerdem dröhnte in den Grünanlagen ein Laubsauger so laut, dass man von den Erläuterungen des Vorsitzenden H. kein Wort verstehen konnte.

Gleich würde die Geigerin mit einem Wäschekorb aus den hinteren Räumen kommen, dachte Herr Patocki. Sie würde langsam das Café durchmessen, die Glastür durchschreiten, um den Korb in den Waschraum zu tragen. Heute wollte er es wagen den Brünhildenfelsen zu stürmen. Er wollte aufspringen, wie es einst Siegfried im „Ring des Nibelungen" getan hatte und sich durch das Fegefeuer innerer Widerstände schlagen, er wollte, wenn die Geigerin kam, den Korb vor sich tragend, mutig den Türgriff ergreifen, die Glastür öffnen und stolz und unerschütterlich warten, bis sie hindurch gegangen sein würde. Vor allen Anwesenden wollte er dies tun. Das war sein fester Entschluss.

»...nun sehen wir schon seit einiger Zeit, wie der Archivar Patocki in einem Papiercontainer den ersten Beitrag für unsere Zeitung vorbereitet...«, hörte man den Vorsitzenden H. in einer kurzen Pause des Laubsaugers sagen. Patocki hörte aber gar nicht richtig zu, vernahm auch die Frage nicht, wann die Redaktion denn endlich mit diesem Artikel rechnen dürfe, denn seine Aufmerksamkeit war (außer von der Vorfreude auf die Geigerin) von einem merkwürdigen Wesen absorbiert, das unter dem Tisch neben dem Klavier in einem winzigen Schaukelstuhl saß. Keiner wusste Genaueres über dieses Kind. Selbst von H., der sonst bestens informiert war, konnte Patocki später kaum mehr über die Kleine erfahren, als dass sie Mäh hieß, zuweilen tagelang im Dunkeln in ihrem Stühlchen saß, sich ausschließlich von Fleischklößchensuppe ernährte und dass sie in dem Beutel, den sie an ihrem Gürtel trug, die Knochen ihres verstorbenen Hundes aufbewahrte.

Endlich betrat die Geigerin das Café. Patocki sprang auf, eilte zur Glastür, die er, uneingedenk des wieder einsetzenden Laubsaugerlärms, sperrangelweit aufriss und lüftete seinen Zylinder. Nun hatte die Geigerin aber gar keinen Wäschekorb dabei, sondern eine Gießkanne und ging daher, ganz folgerichtig, nicht durch die Tür hindurch, sondern zu dem Ficus, der neben dem Sofa stand, um ihn zu gießen. Die geöffnete Tür verursachte einen unangenehmen Durchzug und der ganze Raum erfüllte sich zudem mit dem ohrenbetäubendem Lärm des Laubsaugers. Nur Frau Wolf, die wie immer vor der Tür lag, rührte sich nicht.

Warum beachtete ihn die schöne Geigerin nur so wenig, fragte sich Patocki, wo er doch erst gestern mit ihr für das Kindertheater geprobt hatte. Am liebsten hätte er sie an den Schultern gepackt und so lange geschüttelt, bis ein paar Worte aus ihr herausgefallen wären.

Vom Redaktionstisch her trafen ihn verwunderte Blicke. Patocki stand etwas unbeholfen in der Tür und geriet in Erklärungsnot.

»Ich… werde unverzüglich für Ruhe sorgen!«, rief er gegen den Lärms an. Er zog seinen Zylinder tief ins Gesicht, begab sich festen Schrittes zu dem Laubsaugermann und machte ihm unter unmissverständlichen Gesten (die Worte konnte man wegen der großen Entfernung nicht verstehen) die Folgen deutlich, die weiteres Laubsaugen für ihn haben würde. Der Mann zeigte sich sofort einsichtig und schaltete den Motor aus. Patocki, der wohl vermutete, dass die Damen der ELSA-Redaktion und vielleicht sogar die Geigerin das Geschehen vom Fenster aus beobachten könnten, beschloss darauf zu allem Überfluss, in einer Art eskalierendem Heldentum, den Laubsaugermann gefangen zu nehmen. Dieser leistete nicht den geringsten Widerstand. Er ließ sich geduldig zu einem verwilderten Pflaumenbaum vor dem Stadtteiltreff führen, an den ihn Patocki festband.

»Bis das letzte Ahornblatt vom Winde verweht ist«, sagte Patocki, nicht ohne einen gewissen Sinn für Theatralik, »bleiben Sie an diesen Baum gefesselt!« Er spähte, als er diese Worte ausrief, in das Innere des Cafés. Doch der Raum war menschenleer. Erst jetzt bemerkte er, dass alle um Frau Wolf versammelt waren. Die Geigerin öffnete die Augen des regungslosen Schlittenhundes, fühlte seinen Puls und schüttelte langsam den Kopf. Rüdiger kniete still vor dem riesigen Wollberg. Über sein zerfurchtes Gesicht rann eine Träne.

»Das ist zu erwarten gewesen!«, sagte er dumpf. Es dauerte eine Zeit, bis alle verstanden hatten, dass Frau Wolf gestorben war.

André Patocki stand abseits. Der Laubsaugermann hing neben ihm in seinem Pflaumenbaum und wartete darauf, wie man in seiner Angelegenheit fortzufahren gedachte. Aber man fuhr überhaupt nicht fort. Es trat eine beklemmende Ruhe ein. Die Welt stand vollkommen still. Nur eine Wolke aus gelben Schmetterlingen wimmelte lautlos um den Laubsaugermann herum. Dann fiel Patockis Blick auf die kleine Mäh, die noch immer unter dem Tisch in ihrem Schaukelstühlchen kauerte, gegen die Wand gekehrt, wie es ihre Gewohnheit war. Ein Rätsel war ihm dieses Kind, ein verschrecktes, rehäugiges Mysterium und als es sich nach ihm umdrehte, sah er in seinen Augen das vorläufige Ende der Welt.

Patockis großer Auftritt

Herr Patocki setzte sich auf das Cajón, das die Geigerin für ihn hingestellt hatte. Dann fädelte er seine Arme durch die Halteriemen seines Akkordeons.

»Vergiss wegen mir den Knopf mit der Delle«, hatte Ari Bregovic gesagt, »aber vergiss nie zu zählen! Denn das Akkordeon ist das rhythmische und harmonische Fundament, auf dem die Melodieinstrumente stehen!«

Herr Patocki streichelte sein Instrument wurde sich je näher sein erster öffentlicher Auftritt kam, der immensen Verantwortung bewusst, die er zu tragen hatte. Er, das Fundament, auf dem das himmelwärts strebende Talent der Geigerin sich erhob. Er, André Patocki, der Akkordeonist von schall&rauch!

Der Raum füllte sich. Als Kulisse für das Kindertheater diente ein bemaltes Bettlaken, das im Hintergrund aufgestellt war. Davor standen die Stühle des Publikums, zumeist Eltern und Großeltern. Das Stück hieß: „Das kleine ICH bin ICH" und handelte von einem namenlosen Wesen, das durch die Welt zieht, einen Frosch, ein Pferd und einen Schwarm Fische trifft, die es einer nach dem anderen fragen, wer es denn sei.

»Eine infantile Darstellung der Identitätsproblematik« dachte Patocki, als er das letzte Mal seine Noten studierte, die über dem Text aufgeschrieben waren. Dann kamen die Kinder. Stephan H., der Chorleiter, spielte ein Kinderlied auf der Gitarre, und dann ging es los.

Endlich kam Patockis Einsatz. Die Geigerin sah ihn an. Er ließ das Akkordeon erbrausen. Für einen kurzen Moment war er der glücklichste Mensch der Welt. Er erinnerte sich an jenen verschneiten Dezemberabend, als er dieses Stück zum ersten Mal gehört hatte, damals vor dem Adventskalender. Und jetzt spielte er es zusammen mit ihr! Patocki konnte sein Glück kaum fassen, und da war es auch schon passiert! Er hatte irgendwie vergessen zu zählen, oder war sich zumindest nicht mehr ganz sicher, ob die Folge der Triolen, die er zu spielen hatte, noch mit der Melodie übereinstimmten. Er versuchte kurz zur Geigerin zu sehen, hätte dafür aber seinen Blick vom Notenblatt abwenden müssen, und je mehr der Zweifel in ihm wuchs, desto wackeliger wurden die Töne. Nur keinen Fehler jetzt, denn wenn selbst die Kinder über ihn lachen würden, wie groß wäre die Blamage vor ihr, der Maestra, deren Fundament ein Totalausfall zu werden drohte! Patockis Herz klopfte, er spielte schneller, als er eigentlich konnte und dann passierte das Schlimmste, was einem im Rampenlicht stehenden Künstler passieren kann: er wurde vor Aufregung rot!

Er saß etwas verloren auf seinem Cajón, als die Aufführung zu Ende gegangen und die Geigerin schon wieder verschwunden war. Er wollte sie suchen gehen, doch kaum hatte er das Akkordeon abgestellt, stand das „kleine ICH bin ICH" vor ihm und sagte lachend: »Gut gespielt!« Dann rannte es zu den anderen Kindern, die sich über Herrn Patockis roten Kopf lustig machten. Inzwischen fielen auch schon die Fische und der Frosch über das herrenlose Akkordeon her. Jedes wollte einmal darauf spielen, und so zerrten sie gemeinsam daran und wetteiferten darin, wer die lautesten und schrillsten Töne hervorzubringen vermochte. Patocki entwand sein Akkordeon den groben Kinderhänden und ließ, gleichsam aus Notwehr, das einzige Stück ertönen, das ihm zu Gebote stand. Er spielte das Präludium in C-dur aus dem *Wohltemperierten Klavier*.

Er spielte es so schön er konnte. Es wurde ganz still im Stadtteiltreff und eines der Kinder erblickte ahnungsweise in jenem sonderbaren Herrn mit seiner putzigen Wichtigkeit die magische Kraft höchsten Künstlertums. Es waren die scheuen Augen der kleinen Mäh, die still und tief berührt auf André Patocki ruhten. Sie saß unter einem der Tische in ihrem Schaukelstühlchen, an dessen Seite der Beutel mit den Knochen ihres Hundes über den Steinfliesen pendelte.

Man bemerkte es zuerst gar nicht, denn der Bogen strich fast lautlos über die Saiten. Der Geige entstieg eine entrückte, fast überirdische Melodie. Es war ein Ave Maria, das sich über Patockis Akkorde legte. Er wagte kaum mehr zu atmen. Der Raum begann zu schweben. Dann wurde es muxmäuschenstill im Stadtteiltreff, so sehr verschmolzen die beiden Instrumente miteinander. Eine der Seniorinnen musste sogar ihre Halskette öffnen, um vor Rührung nicht zu ersticken.

Nachdem das Ave Maria in einem leisen und klaren C-dur Akkord verklungen war, brachte Fräulein Smeraldy ein schüchternes »Bravo!« hervor. Dann klatschten auch alle anderen, und tief ergriffen ging jeder wieder seiner Beschäftigung nach.

Noch nie in seinem Leben war Herr Patocki so stolz gewesen, und als er nach Hause wandelte, zu seiner winzigen Wohnung hoch oben in der 23. Etage, plante er bereits weitere, größere Auftritte und malte sich eine Zukunft an der Seite dieser unvergleichlichen Geigerin in den allerschönsten Farben aus. Er war so erfüllt von sich und seinem beispiellosen Leben, dass er gar nicht bemerkte, wie im schnellen Rhythmus von kurzen Kinderschritten der Knochenbeutel der kleinen Mäh hinter seinem Rücken klapperte.

Um die weitere Entwicklung der Ereignisse so genau wie möglich darzustellen, erlaube ich mir an dieser Stelle eine Reihe von Leserbriefen einzurücken, die damals in der ELSA-Zeitung erschienen sind. (der Herausgeber)

Appell an den Leiter des „ELSA-Chors"
Zu meiner Wohnung, die ich hier kürzlich erworben habe, gehört ein PKW-Stellplatz, der sich unmittelbar vor dem sogenannten „Stadtteiltreff" befindet. Ich fahre einen gelben Porsche - Cayman (320 PS bei 7.400/min - das Fahrzeug dürfte Ihnen bereits aufgefallen sein). Leider musste ich feststellen, dass Sie dort mit Ihrem „Gesangsverein" rund um die Uhr Proben veranstalten, sofern man dieses Geschrei überhaupt so nennen kann. Jedenfalls ist im Umkreis des Gebäudes bis zum Parkplatz hin eine nicht enden wollende „Hallelujah!"-Litanei zu hören, mit einer unüberhörbar keifenden und versoffenen Frauenstimme dazwischen, sodass ich damit rechnen muss, dass diese Lärmbelästigung über kurz oder lang an meinem nicht ganz billigen Fahrzeug erhebliche Lackschäden hervorrufen wird. Ich wäre Ihnen daher sehr verbunden, wenn Sie künftig anderswo herumgrölen würden. Auch in einer problematischen Wohngegend wie der ELSA, sollte es nicht zu viel verlangt sein, dass das Bedürfnis des arbeitenden Teils der Gesellschaft nach einem ruhigen und geordneten Leben toleriert wird.
Mit freundlichen Grüßen
Ihr H. Hohner

Nun ja, eine wirklich merkwürdige Geschichte. Es kann sich bei Herrn H. nur um einen armen Menschen handeln, welcher unter einer sogenannten narzisstischen Persönlichkeitsstörung - den genauen Diagnoseschlüssel müsste ich nachschlagen - leidet. Wirklich bedauernswert, diese Menschen haben es nicht leicht mit sich und ihrem Umfeld, sofern es denn Menschen gibt, die es länger als einen „Dialog" lang mit diesen Patienten ertragen. Ich bin ja in der Psychiatrie tätig und kann im wahrsten Sinne des Wortes ein „Lied" davon singen - oder sollte ich sagen „grölen", wie es der werte Schreiberling nannte? Ich fürchte, wir werden noch des Öfteren ähnliche Unverschämtheiten von diesem überaus aufschneiderischen neuen Bewohner Gonsenheims hören.
Kathrin K.
(Dipl. Pädagogin und „versoffene" Frauenstimme im Elsa-Chor)

Hallelujah Kathrin K.!
Was soll das Gedöns? Warum sagst du nicht gleich, dass du Lust auf eine Spritztour im Porsche hast?
der Horst

Sehr „geehrter" Herr H.,
eine qualifizierte Äußerung auf meine Stellungnahme zu Ihrem merkwürdigen Anliegen an unseren Chorleiter

konnte ich von Ihnen ja nun nicht wirklich erwarten. Ich hätte es dennoch für möglich gehalten, dass Sie auf derlei Unverfrorenheiten, wie sie in Ihrer neuesten Antwort zu lesen sind, verzichten können. Als ob ich es nötig hätte, ausgerechnet von Ihnen in Ihrem senfgelben Schiff durch die Gegend kutschiert zu werden. Lachhaft.
Hoch"achtungs"voll
FRAU K.

Sehr verehrter Herr Horst H.!
So weit mir darüber überhaupt ein Urteil zusteht, erlaube ich mir den Hinweis, dass dieser Chor von einer Violinistin begleitet wird, deren Kunst über jeden Zweifel erhaben ist und deren Virtuosität jede nur denkbare farbliche Eintrübung ihres Automobils auf das Entschiedenste rechtfertigt!
Es sollte Ihnen zur Ehre gereichen, Ihren Wagen an diesem bevorzugten Ort abstellen zu dürfen! - Doch bitte, nichts für ungut!
Ihr ergebener Diener
André Patocki

Hey gelber Porsche!
nicht einmal schlechte Mucke verursacht Lackschäden!!!
(anonymer Einwurf)

Sehr geehrter Herr H.,
zuerst einmal eine kleine Richtigstellung. Die „Elsa", wie wir unser Wohngebiet liebevoll nennen, ist nicht wirklich

ein problematisches Wohngebiet, wie Sie es formulieren. Tatsächlich haben wir es hier mit einer hohen Wohnverdichtung zu tun und mit einem schlechten Ruf des Wohngebietes, der eher historisch zu erklären ist, der sich aber in den vergangenen Jahren auch deutlich verbessert hat. In unserem Wohngebiet leben Menschen aus vielen Kulturen und Nationen, es gibt eine große Vielfalt der Religionen und Wertvorstellungen. Es gibt Menschen mit geringem und Menschen mit großem Einkommen, junge und alte Menschen. Kurzum: Eine große Vielfalt, die im Zusammenleben eben auch ein großes Maß an Toleranz erfordert.

So ist es auch mit den verschiedenen Interessen: Die einen haben Freude an der Musik und proben hingebungsvoll das Cohen-Halleluja, andere wiederum lieben ihr Auto und den „Sound", den es erzeugt. Unser Chor probt nicht ununterbrochen sondern nachweislich jeden Dienstag für ca. 2 1/2 Stunden. Ich will gerne darauf achten, dass während der Probe Türen und Fenster geschlossen sind, damit Sie dadurch nicht gestört werden. Im Gegenzug möchte ich Sie darum bitten es zu unterlassen, das Wohngebiet beim Kommen oder Verlassen mit dem Sound ihrer 320-PS zu belästigen. Sie und Ihr Cayman sind in der Tat schon aufgefallen, zahlreiche Beschwerden wurden schon an mich heran getragen. Im übrigen gilt im gesamten Wohngebiet Tempo 30, auch für Sie.

Mit freundlichen Grüßen
der Chorleiter

Ein Brief von Louis

»Wollen Sie nicht doch auf einen Kaffee herein kommen?«, fragte Fräulein Smeraldy den Laubsaugermann, der schon seit einigen Wochen an den Pflaumenbaum vor dem Stadtteiltreff gebunden war. Nun war aber dieser Mensch überaus sensibel und ging nur mit Widerwillen auf organisatorische Fragen ein. Fräulein Smeraldy spürte, dass ihr Ansinnen mit dem Kaffee etwas vorschnell gewesen war und bereute schon fast ihre Worte.

»Kühl steigt die feuchte Kraft der Erde durch meine Glieder...«, erwiderte der Laubsaugermann nach einigem Nachdenken,

»...und durchströmt meine Gedanken, die der Sonne entgegen streben, bis sie, dem ewigen Kreislauf folgend, im Zuge der Wolken verwehen...«

Offensichtlich hatte der Laubsaugermann inzwischen die Mentalität des Pflaumenbaums vollkommen in sich aufgenommen. Nein, eine Tasse Kaffee im Innenraum eines Gebäudes einzunehmen kam für ihn nicht im Entferntesten in Frage. Überhaupt sprach der Baum nicht besonders viel und wenn, dann brachte er seine Gedanken meist langsam, fast weihevoll hervor, als habe er sie mühsam durch die Kapillare seiner Seele empor gesogen, um sie im allgemeinen Getriebe der Welt unbemerkt verdunsten zu lassen. Etwas ratlos kehrte Fräulein Smeraldy ein paar Blätter vor seinen Füßen auf, weil sie wusste, dass er dies mochte.

Herr Patocki kam gerade mit der kleinen Mäh des Weges und sah, wie das Fräulein Smeraldy mit dem Baum redete. Es war ihm inzwischen peinlich, dass er den Laubsaugermann unlängst gefangen genommen und dort festgebunden hatte. Er wollte noch etwas zur Aufklärung dieses unglücklichen Missverständnisses anmerken, aber die kleine Mäh zupfte ungeduldig an seinem Frack. Sie drängte ihn mit ihren braunen Augen zum Weitergehen. Sie konnte es kaum erwarten zum Papiercontainer zu kommen, weil Patocki ihr erzählt hatte, dass er dort bei seinen Studien einen Brief von Louis gefunden habe und dass er mit ihr nachsehen wolle, ob der Brief noch da sei.

Diesen Brief hatte er selbst geschrieben, um die Kleine etwas zu trösten. Eigentlich konnte er mit ihr nicht viel anfangen. Auch ihre traurigen Augen belasteten ihn sehr. Aber da sie seit seinem triumphalen Auftritt bei dem Kindertheater nicht mehr von seiner Seite gewichen war, hatte er sich diese Geschichte ausgedacht. Der Brief sei an sie gerichtet und stamme von ihrem Hund Louis, dessen Knochen beständig in ihrem Beutel klapperten. Mehr wisse er aber auch nicht darüber, da der Umschlag fest verschlossen gewesen sei und da er nicht gewusst habe, wie neugierig sie sei, habe er ihn einfach dort liegen lassen, zumal er auch nicht glaube, dass sie überhaupt schon lesen kann.

Die beiden trotteten die Feuerwehrzufahrt entlang zum Papiercontainer. Patocki wollte der Kleinen beim Einsteigen behilflich sein, fiel dabei aber selbst kopfüber in das Altpapier, so dass die Plastikklappe hinter ihnen zuknallte.

Es war stockfinster. Patocki zündete eine Kerze an (was ihm später eine schwere Rüge von Hausmeister Alois einbrachte), dann zog er den Brief aus seiner Fracktasche, versteckte ihn in einem günstigen Moment zwischen den Schachteln und gab sich beflissentlich seinen Studien hin. Dabei schielte er gelegentlich nach der kleinen Mäh, die den ganzen Container durchwühlte und lange brauchte, bis sie den gelben Briefumschlag endlich gefunden hatte. Dann verkroch sie sich in eine Ecke und las:

Liebe Mäh!
Ich lebe noch. Auch wenn du es jetzt noch nicht glauben kannst. Denn nachdem die Reifen des gelben Porsche über meinen Rücken gerollt waren und man mich zum Veterinarius von B. gebracht hatte, musste ich dort in einem Metallbottich liegen bleiben, weil sich der Veterinarius lieber der Gunst seiner Gehilfin widmen wollte, als sich um mich zu kümmern. So lag ich mutterseelenallein herum. Dann bin ich aus dem Bottich geklettert und habe mich auf die Fensterbank geschleppt, von wo ich, weil meine Beine gar

kaum mehr zu gebrauchen waren, in den Garten direkt auf einen Gartenzwerg gefallen bin. Wenigstens konnte mir der Zwerg sagen, wie ich von dort wieder nach Hause kommen könnte oder zumindest hat er es versucht, ist aber dabei so sehr in Verwirrung geraten, dass ich den Weg nicht gefunden habe und am Bahnhof gelandet bin, wo ich mich in einem der Wagons zwischen den Kisten schlafen gelegt habe. Am nächsten Morgen war ich in einer ganz anderen Stadt. Dort habe ich eine Geigerin getroffen, die mir etwas von ihrer Fleischklößchensuppe abgegeben hat. Mit ihr habe ich mich inzwischen zusammen getan und fortan teilen wir unser bescheidenes Mahl miteinander. Zuweilen finden sich auch drei lustige Gesellen ein und alle musizieren zusammen. Ich will es auch nicht unerwähnt lassen, dass sich das kleine Orchester nach mir benannt hat und nunmehr als „der tapfere Louis" in Stadt und Land bekannt geworden ist. Adieu. Leb wohl und sei vergnügt. Bald wirst du mehr hören.

Ich küsse dich herzlich!
Louis

Die kleine Mäh las diesen Brief unzählige Male, steckte ihn dann in den Knochenbeutel, verkroch sich in einem Karton und weinte.

offener Brief an die „Macher " der Elsa-Zeitung!

Ich bin der Redaktion ihrer Zeitung für die ausgewogenen und gründlich recherchierten Beiträge sehr dankbar, von denen ich besonders ihre Berichterstattung über einen Problemfall in unserer schönen Wohngegend hervorheben möchte. Es handelt sich um den gemeingefährlichen Herrn Patocki.

Nachdem nicht zuletzt durch die außerordentlich erfolgreiche Arbeit des Stadtteiltreffs (für die ich mich an dieser Stelle auch persönlich einmal ganz herzlich bedanken möchte) aus unserem Wohnviertel ein schönerer Ort geworden ist, verwandelt dieser schwachköpfige „Penner", die ganze Umgebung in einen Saustall, allein schon durch sein dummes Geschwätz.

Überdies ist er inzwischen auch zu einer großen finanziellen Belastung für unsere Gemeinde geworden. So musste zum Beispiel der „Herr" Patocki vor einiger Zeit von der Feuerwehr vom Kirchturm geholt werden, auf den er geklettert war, um einen Artikel zu schreiben (auf dem Kirchturm!!). Einsatzkosten für unsere Gemeinde: 50 Millionen Euro!

Eine Woche später war der Papiercontainer mit Draht zugebunden gewesen. Es musste eigens der Hausmeister bemüht werden, um mit einer Zange den Container wieder zugänglich zu machen. Und: wer war drin im Container? Herr Patocki, wer sonst! - Ungezogene Kinder hätten den

Container zugebunden, sagt er, während er darin am Studieren gewesen sei. So ein Schwachsinn! Unsere Kinder haben doch recht, diesen Verrückten wenigstens ab und zu für einen Tag unschädlich zu machen!

Ich wende mich daher an mit diesem offenen Brief an Sie alle mit dem Appell, als Nachbarschaft zusammen zu halten und nicht länger untätig zu bleiben. Dieser Menschen muss ein für alle mal aus unserem schönen Stadtteil entfernt und den geregelten Verhältnissen eines Heimes zugeführt werden.

hochachtungsvoll
ihr H. Hohner

Die kleine Mäh und die Philosophie

Die Morgensonne stieg über dem Stadtteiltreff auf und ein seichtes Lüftchen strich durch die Zweige des Pflaumenbaumes der dort vor der Fensterfront stand. Sein Schatten flimmerte im Morgenglanz auf dem Lack des gelben Porsche, der davor parkte. Herr Patocki kam gerade mit der kleinen Mäh von dem türkischen Lebensmittelgeschäft, wo er zwei Äpfel gekauft hatte und lüftete seinen Zylinder, um den Laubsaugermann zu grüßen, der noch immer an den Pflaumenbaum gefesselt war und sich gerade mit der Frage beschäftigte, ob wohl ein kausaler Zusammenhang bestehe zwischen dem Zug der Wolken am Himmel und der Anordnung der welken Blätter vor seinen Füßen. Patocki hatte seine Hand noch an der Krempe seines Zylinders, als diese friedliche Szene durch einen schrillen Schrei unterbrochen wurde. Die kleine Mäh hatte sich auf den Boden geworfen und ihre Hände in die festgebackene Erde gekrallt. Sie führte sich ganz ungebührlich auf und warf sogar eine Hand voll Sand gegen die Tür des gelben Porsche. Dann rannte sie davon. Herr Patocki hatte Mühe sie einzuholen. Er versuchte sie zu beruhigen, redete auf sie ein, ermahnte sie ernstlich und versprach ihr schließlich, dass er nachsehen wolle, ob im Papiercontainer ein neuer Brief von Louis für sie angekommen sei.

»Louis kann gar keine Briefe schreiben!«, schrie die kleine Mäh und geriet völlig außer Rand und Band. Herr Patocki wollte etwas einwenden, aber sie fiel ihm ins Wort.

»Mein Knochenbeutel, Herr Archivar, wo kommt der denn her, wenn Louis noch lebt?«

Sie hatte keine Erklärung dafür. Patocki wand sich etwas verlegen, meinte, dass sie noch zu klein sei, um das zu verstehen, stellte ihr eine Fleischklößchensuppe in Aussicht, die er für sie kochen wolle und kam schließlich durch eine nicht ganz ungeschickte Überleitung auf den kategorischen Imperativ zu sprechen, demzufolge es völlig unzulässig sei, fremde Autos mit Sand zu bewerfen.

Der große Philosoph Immanuel Kant habe sich diesen Imperativ ausgedacht, damit alles wieder gut werde und überhaupt mache Philosophie ganz furchtbar viel Spaß, wenn sie nur aufmerksam zuhören wolle. Sogleich hob Herr Patocki an, die apriorischen Voraussetzungen von Raum und Zeit zu erläutern und war gerade dabei, das „Ding an sich" einer näheren Untersuchung zu unterziehen, als sie die Eingangshalle des Hochhauses erreichten und den Aufzug betraten. Die Ziffern der Anzeige für die Etagen rasten nur so dahin, so viel hatte Patocki zu erzählen, obwohl er sich schon sehr kurz fasste.

In der transzendentalen Ästhetik unterscheide Kant zwei reine Anschauungsformen, ließ Patocki das verwirrte Kind wissen, während er die Wohnungstür aufschloss. Dies seien Raum und Zeit, die a priori in die theoretische Vernunft eingepflanzt seien, aber mitnichten etwas mit der Welt an sich zu tun hätten. Ohne seinen Vortrag zu unterbrechen, kippte Patocki die Fleischklößchensuppe aus einer Büchse in einen Topf, den er auf die Kochplatte stellte. Zum Nachtisch schnitt er die Äpfel in kleine Würfel, die er dann aber versehentlich auch in den Topf warf. Die kleine Mäh machte ein kompliziertes Gesicht.

»Ja, ja, das hättest du wohl nicht gedacht! Die Welt liegt nur ausgebreitet in Raum und Zeit vor uns, weil diese reinen Anschauungsformen die Bedingungen der Möglichkeit unserer Erkenntnis sind, nicht aber die Realität selbst«.

Aber was war denn dann die Realität, wenn nicht ein Gebilde in Raum und Zeit, fragte Patocki rhetorisch und fügte sogleich selbst die Antwort hinzu:

»Sie ist ein Konstrukt des Bewusstseins, dem etwas Tieferes zugrunde liegt als das, was durch Vernunft erkannt werden kann. Es ist dies eine Kraft, die stets wirksam ist und unergründlich zugleich und die für uns Menschen gar nicht anders erfahrbar ist als durch die Poesie«.

Herr Patocki machte eine Pause und ließ diesen Gedanken auf das Kind einwirken. Von der Intensität des Gesprächs angelockt, war Schroffenstein auf den Rand des Topfes gehüpft und versuchte spaßeshalber eine Nudel aus der Suppe herauszuziehen, stürzte dabei aber, wegen der überraschend elastischen Konsistenz derselben, in die Suppe. Patocki setzte seinen Gedankengang unbeirrt fort, kam ganz folgerichtig auf den kategorischen Imperativ zurück, der inmitten einer zutiefst poetischen Welterfahrung die Basis unmittelbarer Seinsgewissheit bilde, griff dabei in den Topf, setzte den von Fleischklößchensuppe triefenden Wellensittich in das Waschbecken und drehte den Wasserhahn auf. Schroffenstein meckerte kleinlaut vor sich hin. Das Gesicht der kleinen Mäh heiterte sich auf, ihre Augenbrauen rundeten sich zu zwei Halbkreisen und dann lachte sie leise über den beleidigten Vogel.

Als Herr Patocki aber bemerkte, wie fröhlich seine Schülerin geworden war, beendete er seinen Vortrag und freute sich, dass wenigstens die Philosophie diesem Kind, dem so viel Unrecht widerfahren war, etwas Trost zu spenden vermochte.

Herr Patocki im Delirium

Die Aschenbahn der Otto-Schott-Sportanlage schwankte schon unter Patockis Füßen, als ob er auf einem Wasserbett laufen würde. Dabei hatte er gerade erst die Hälfte der Runde hinter sich gebracht. In großer Eile näherte er sich dem schwebenden Zeltdach neben der Haupttribüne. Gleich dahinter wurden Bratwürste für die Teilnehmer gegrillt. Durch die Lautsprecher vibrierte die Hauptgerade unter seinen Sohlen und die Grillwolke waberte bis weit in die Schlusskurve hinein. Er rannte so schnell er konnte. Er tat dies mit betonter Leichtigkeit, gerade so, als sei diese Geschwindigkeit ganz selbstverständlich für ihn. Er fühlte sich jung und unverwüstlich. Vielleicht mochte auch die Anwesenheit der schönen Geigerin auf dem Sportgelände Grund für Patockis dynamisches Auftreten an diesem Tag gewesen sein.

»Wie ich sehe ist heute auch ein Läufer in Frack und Zylinder am Start! Eine sehr originelle Idee!« rief der Stadionsprecher. Viele Läufer hatten sich für ihre Teilnahme am »Run for Children« eine Kostümierung einfallen lassen. Aber keiner von ihnen war so exzeptionell gekleidet wie Herr Patocki, der inzwischen nicht mehr länger davon abstrahieren konnte, dass er schon einige Zeit völlig außer Atem war. Sein Blick heftete sich fest auf das Kurvenende, wo er in wenigen Sekunden des grünen Pavillons ansichtig werden würde, der das Ende seiner Runde verhieß. Ein paar Mädchen, die neben einer der Imbissbuden standen, kicherten, als sie den Herrn mit seinem Frack vorbeistolpern sahen.

Der Pavillon! Wo blieb er nur? Warum hatte er sich auch in der ersten Rundenhälfte so unsinnig verausgabt? Merkwürdig langsam überholten ihn die anderen Läufer oder schwebten gleichsam durch ihn hindurch.

Als Patocki den grünen Pavillon erreichte, sackte er vor Erschöpfung zusammen und kugelte (man ahnt es bereits) ausgerechnet vor die Füße der Geigerin, wo er ziemlich unvorteilhaft in sich verkrümmt liegen blieb und röchelte. Fräulein Smeraldy stürzte herbei, fächelte ihm mit seinem Hut Luft zu und flößte ihm ein Erfrischungsgetränk aus einer bunten Dose ein.

Patocki lag auf dem Rücken. Die matten Glieder von sich gestreckt starrte er aufwärts, den Masten der Flutlichtanlage nach, in den Morgenhimmel hinein. Die Bewegungen dort oben, das stumme Hin und Her der ihn Umsorgenden und der gleichmäßige Zug der Wolken beruhigten ihn. Die Geigerin hielt eine Laterne in der Hand und sagte etwas zu ihm. Patocki konnte es nicht verstehen. Vielleicht hatte sie es auch zu jemand anderem

gesagt. Der Boden war eiskalt. Er schloss die Augen und erinnerte sich, wie er vor zwei Tagen zusammen mit der Geigerin ein Cajón für schall&rauch gebastelt hatte. Wie er sägte und hämmerte und schleppte und bohrte. Wie ihm der Akkuschrauber aus der Hand glitt und die leimverschmierten Sperrholzplatten unter seinen Händen wieder auseinanderfielen, weil sie ihm einen prüfenden Blick zugeworfen hat...

Und wenn er sie je nach diesen Stunden nach Hause begleitet hätte, wäre der Himmel sternenklar gewesen.

»Das sind die Pleiaden!« hätte sie vielleicht gesagt, während sie die Wendelinusschneise entlang gegangen wären.

»Ich begleite Sie bis zur Schranke!« hätte er erwidert. Dann hätten sie beide geschwiegen.

»Hallo, Herr Patocki! Aufwachen!« rief das Fräulein Smeraldy, zerrte an seinem Arm und schüttelte ihn sachte. Patocki delirierte und sein Herz klopfte.

Schroffenstein, der in Patockis Brusttasche saß, ahnte bereits, dass es gleich eng werden würde und floh auf einen Ast. André Patocki blieb vor der Geigerin stehen. In der Kälte kondensierte ihr Atem zu blassen Dunstwölkchen, die sich vor ihren Gesichtern vermischten. Die Brauen über ihren braunen Augen wölbten sich fragend, fast lausbubenhaft, zu zwei Halbkreisen. Im matten Mondschein stand sie vor ihm und wartete auf ein Lebewohl, ein Abschiedswort, eine Geste, einen Kuss. Herr Patocki befürchtete, dass sein Ohnmachtsanfall gleich zu Ende sein würde und leistete keinen Widerstand mehr. Er fasste sie an den Schultern. Er fiel ihr um den Hals. Er drückte sie an sich, fühlte ihre Schläfe an seiner Wange, ihre Haare berührten seine Nasenspitze, dann vergrub er sein Gesicht in ihrer Schulter. Auch sie umarmte ihn, drollig und fest, wie man einen Teddy-Bär umarmt. »Sehr originell! Ein Läufer in Frack und Zylinder!« flüsterten die Geschöpfe des Waldes und kicherten. Dann machte sich die Geigerin auf den Weg.

»Auf Wiedersehen!« sagte Herr Patocki dumpf und sah in der Dunkelheit, wie sich das Licht der Laterne, die sie mit sich trug, entfernte und er blieb leer und haltlos stehen und frei zugleich und nichts war er mehr, nichts vernahm er mehr, als dieses blasse Lichtpünktchen, das jenseits der Schranke davon schwankte, bis es in der tiefen Winternacht verglomm.

Der Liebesbrief

Es war vollbracht! Herr Patocki faltete sorgfältig die mit zierlicher Handschrift beschrifteten Blätter zusammen und steckte sie in einen Briefumschlag. Er war sehr zufrieden mit dem Werk, das ihm gelungen war. Die monatelangen Studien im Papiercontainer waren ihm beim Verfassen dieses Schriftstücks sehr zugute gekommen und auch sein Archiv mit den bunt bemalten Ordnern hatte ihm dabei wertvolle Dienste geleistet!

Mit diesem Brief hatte er ein Meisterstück an poetischer Klarheit geschaffen. In schonungsloser Offenheit hatte er auf knapp 40 Seiten alles auf den Punkt gebracht: dass nämlich er, André Patocki (der Unterzeichnende), sie (die Geigerin), unermesslich und für alle Zeiten liebe, dass er sie überdies sogar so sehr liebe, dass er ihr auf diesem schriftlichen Weg und auf den Knien seiner Seele diesen dringenden (unterstrichen) Brief vorlegen wolle, um ihr zu sagen, dass er sie schon seit Anbeginn geliebt habe und für immer und ewig weiterlieben würde.

Die 40 Seiten passten nicht in den Briefumschlag und so verteilte er die Blätter auf 8 fein säuberlich nummerierte Umschläge, die er allerdings alle, nachdem er sie zugeklebt hatte, wieder öffnen musste, weil er noch einmal überprüfen wollte, ob er die Seiten nicht versehentlich durcheinander gebracht hatte. Um es kurz zu machen: Herr Patocki öffnete die Umschläge noch etliche Male. Bald war ihm das Papier nicht farbenfroh genug, bald fand er die Schmetterlinge, mit denen er es verziert hatte, zu albern, bald verschrieb er sich bei der Adresse und schließlich gingen ihm die Briefumschläge ganz aus und er musste neue kaufen gehen.

Endlich war er zufrieden und machte sich auf den Weg zum Stadtteiltreff. Er fand, dass es am schönsten wäre, wenn er die Briefsammlung heimlich in ihren Geigenkasten legen würde. Vergnügt schlenderte er die Feuerwehrzufahrt entlang, lüftete nach allen Seiten zum Gruße seinen Zylinder und freute sich über die tiefe Wirkung, die sein Schreiben auf die Maestra machen würde und über das Glück, das ihm das Leben schenkte, nachdem er sich entschlossen hatte, seine Junggesellengruft zu verlassen, um unter die Leute zu gehen.

Plötzlich aber hielt er inne. Es schnürte ihm den Atem ab. Er wollte es zuerst für einen Irrtum gehalten haben, aber sie war es wirklich, die Geigerin, die schöne Maestra, sie, um die sich sein ganzes Leben drehte. Sie stand vor der großen Fensterfläche des Stadtteiltreffs vor einem Mann. Er legte seine Arme auf ihre Schulter, schob seine Hand in ihren Nacken und ihre Gesichter näherten sich einander und dann, Herr Patocki taumelte, geschah das Entsetzliche: sie küssten einander! - Und dieser Mann, Patocki traute kaum seinen Augen, war kein anderer, als ausgerechnet Horst Hohner! Dieser arrogante Schnösel mit seinem albernen Porsche! Selbst der Laubsaugermann, der schweigend bei den Liebenden stand, erwog einen Moment lang vor Entrüstung den Kopf zu schütteln.

Patockis Herz aber schlug schneller und er glaubte, dass in seinem Hals und auf seinem Nacken die Ameisen nur so wimmelten. Das Stützengeschoss des Hochhauses schaukelte vor seinem stieren Blick. Dann stand alles still, die Luft und die Geräusche um ihn herum. Langsam wandte er sich um, trat auf die Schmetterlinge, die leblos auf den Boden gefallen waren und wankte davon, egal wohin, weg nur von diesem Ort, an dem ihm der Schmerz die Kehle zuschnürte. Er eilte die Feuerwehrzufahrt zurück, hinterdrein die kleine Mäh, über den Parkplatz und weiter in den Gonsenheimer Wald hinein. Er hastete stumpf durch den mit Tannen und Fichten umwachsenen Tunnel seiner unerträglichen Qual. Er begann sich und seinen fetten Körper zu hassen, und sein feistes Gesicht verzerrte sich zu einer aufgedunsenen, gierigen Fratze. Die Abscheulichkeit seiner Gestalt, seine mopsige Unbeholfenheit, die Lächerlichkeit seiner ganzen vertrottelten Existenz, wurde ihm mit einem Schlag bewusst und je mehr Zweige ihm ins Gesicht peitschten, je mehr Sträucher und Dornen seine Haut zerkratzten, desto lieber war es ihm. Eichhörnchen und Vögel flohen, wo er sich wimmernd durch das Gehölz wälzte und wenn er stolperte, rappelte er sich gleich wieder auf, und wenn es steile Abhänge hinunter ging, rutschte er achtlos auf seinen Händen und Füssen abwärts. Nach einem langen und planlosen Weg gelangte er an die Schranke am Ende der Wendelinusschneise. Dort blieb er erschöpft stehen. Er stolperte willenlos durch ein dürres Gestrüpp und ließ sich in ein Erdloch fallen. Dort blieb er liegen.

Gegen Mitternacht fuhr ein Schrei durch den nächtlichen Himmel. Das ganze Unglück der kleinen Mäh entlud sich darin so schrill und hilflos, dass weggeworfene Bierflaschen auf dem Waldboden zersprangen. Dann wurde es wieder still über Gonsenheim. Patocki aber blieb liegen. Die ganze Nacht und auch noch den folgenden Tag. Er stand überhaupt nicht mehr auf. Sein Herz pochte immer langsamer. Hier wollte Herr Patocki sein sinnloses Leben beenden. Sonne und Regen bleichten seine Kleider. Ein Maulwurf hatte sich schon unter seinem immer leichter werdenden Körper eingegraben und langsam wurde er zu einer humusartigen Masse, die von nichts anderem mehr beseelt war als einem namenlosen, unendlichen Schmerz.

Herr Patocki kommt zurück

Herr Patocki bewegte sich nicht in seinem Erdloch am Rande des Gonsenheimer Waldes und wäre dort gewiss unter stillen Schmerzenslauten verschieden, wenn ihn nicht eine glückliche Fügung am letzten Zipfel seines Lebens gepackt und ihn vor einem tragischen Ende bewahrt hätte.

Die 40 Blätter seines Liebesbriefes hatte schon längst der Wind in alle Himmelsrichtungen davon getragen. Sein Hut hob sich unter einem Strauch, der darunter gleichmütig gewachsen war und Gras und Brennnesseln quollen aus den Taschen seines verblassenden Fracks.

Auch die kleine Mäh sah schon ganz verwittert aus. Sie hatte sich unter einem Holunder in ihren Schaukelstuhl gesetzt und wartete. Vermutlich wusste sie, dass der Herr Archivar nicht sterben würde, solange sie bei ihm blieb. Doch schon naht der Geist der Erzählung. Spät wohl, doch nicht zu spät! Er eilt mit großen Schritten durch den Wald, um gerade noch rechtzeitig diesen traurigen Ort zu erreichen. Der Geist der Erzählung? Welcher sonderbare Geist mochte das sein? - Es ist dies Herr Stephan H., der Präsident der ELSA-Zeitung, der Leiter des ELSA-Chors und Klarinettist des berühmten Trios schall&rauch, der auf einem seiner ausgedehnten Waldläufe vergnügt die schnurgerade Wendelinusschneise entlang trabt und sich dabei, um die Zeit noch sinnvoller zu nutzen, eine Zigarette dreht. Von weitem schon erkennt er die kleine Mäh, die vor einem Häufchen aus Laub und Erde sitzt. Dann bemerkt er auch den durchnässten Zylinder, der neben ihr an einem dürren Strauch hängt und beim Näherkommen wird ihm langsam die ganze Tragik der Situation bewusst. Stephan lässt den zu einer Wurst geformten Tabak zwischen seinen Fingern zerfallen, zerknüllt das Papierchen und wirft es ins Dickicht. Dann entnimmt er einer der zahllosen Taschen seiner Anglerjacke eine Plastikplane, breitet sie auf dem Waldboden aus, rollt den um Erlösung flehenden Archivar darauf, faltet die Plane an allen vier Ecken zur Mitte hin zusammen, wirft sich das Bündel über die Schulter und hastet davon, so schnell, wie er gekommen war.

Etwa zur gleichen Zeit überquerte ein gelber Porsche die Schiersteiner Brücke und brauste auf den Gonsenheimer Wald zu. Dies wäre an sich kaum der Rede wert, wenn nicht ein verhängnisvoller Zufall ein paar Fetzen

Altpapier auf die Windschutzscheibe des Wagens geweht hätte und es plötzlich in dem Porsche ganz dunkel geworden wäre. Horst Hohner ließ das Seitenfenster herunter, um die nassen Papierfetzen zu entfernen. Im Fahrtwind büßte er wohl seine Sonnenbrille ein, konnte aber, nachdem er wieder Herr der Lage geworden war, das Auto sicher auf dem Seitenstreifen zum Stehen bringen. Hohner stieg aus und entfernte die Papierreste von der Scheibe. Es waren gelbe Blätter, die mit einer zierlichen Handschrift beschrieben waren. Zuerst wollte er sie einfach hinter die Leitplanke werfen, doch als er achtlos die ersten Zeilen überflog, konnte er es nicht verhindern: er musste weiterlesen. Er stand da, als wäre der Blitz in ihn gefahren. Er las ein Blatt nach dem anderen. Dann steckte er die verwaschenen Briefseiten in sein Jackett, stieg in seinen Wagen und fuhr davon.

Inzwischen war Stephan H. oben in der 23. Etage vor Patockis Wohnung angekommen. Die kleine Mäh war noch ganz außer Atem, als sie die Tür öffnete. Stephan legte Herrn Patocki mitsamt der Folie auf das Bett. Dann ging er noch einmal los, holte in der Einkaufspassage einen Kasten Bier und einen großen Karton voller Dosen mit Fleischklößchensuppe, füllte damit Patockis Kühlschrank und stellte das Bier liebevoll neben das Bett. Er warf einen letzten fürsorglichen Blick auf den ohnmächtigen Archivar, schloss die Tür hinter sich und überließ den Unglücklichen der heilsamen Wirkung der Zeit.

Die kleine Mäh blieb ratlos zurück. Dann öffnete sie die Balkontür, um etwas frische Luft hereinzulassen, stellte einen Topf auf die Herdplatte, nahm eine Dose mit Fleischklößchensuppe, schnitt einen Apfel in kleine Stücke, kippte die Suppe mit den Apfelstücken in den Topf und flößte Herrn Patocki eine Flasche Bier ein.

Schroffenstein war unterdessen auf den Balkon geflogen. Überrascht von der Freiheit, in die ihn der beklagenswerte Zustand seines Besitzers versetzt hatte, betrachtete er sich die Gegend. Die ersten beleuchteten Fenster des benachbarten Hochhauses funkelten im trüben Abendlicht. Der Handlauf der Brüstung zitterte unter seinen Krallen. Ein Wellensittichfräulein war an seine Seite geflogen. Es war hellblau und hatte einen rosa Schnabel. Beide sahen einander an. Dann warf es sich in die Tiefe und flog in einem weiten Bogen über die Dächer der kleineren Häuser hinweg dem Taunus entgegen.

Eine Nebelschicht lag auf dem Naturschutzgebiet, das sich am Rand des Waldes bis hinab zum Rheintal ausdehnte. Wiesbaden glitzerte unter dem herannahenden Abend. Die Flügelspitzen des Fräuleins berührten sich fast hinter seinem Rücken, so kräftig flatterte es in die laue Dämmerung hinaus. Schroffenstein zögerte einen Moment. Dann sprang er dem Fräulein nach und beide verloren sich wie zwei hyperaktive Fussel im Himmel, der im Glanz der untergehenden Sonne glühte.

Herr Patocki rappelt sich auf

Herr Patocki wälzte sich in seinem Bett hin und her. Sein Liebeskummer machte ihm noch immer schwer zu schaffen. Es war dies überhaupt der größte Liebeskummer, den je ein Mensch erlitten hat. An Schlaf war gar nicht zu denken. Auch essen mochte er nicht mehr. Nur Bier trank er in Mengen, doch auch der Alkohol versagte seine Wirkung. So groß war sein Schmerz.

Es war ganz still im Hochhaus und das einzige Geräusch, das oben in der 23. Etage zu dem Leidenden drang, war das leise und stete Tropfen der Klospülung.

»O weh!«, wimmerte Patocki und drehte sich in seinem Bett um. Die kleine Mäh saß in ihrem Schaukelstuhl.

»O weh!«, sagte auch sie, als ob von dieser Zauberformel irgendeine Linderung zu erwarten sei.

Nein, so konnte es nicht weiter gehen! Herr Patocki wollte sich nicht unterkriegen lassen. Er fasste einen Entschluss. Es gab nur eine einzige Lösung für sein Problem. Er konnte seinen Seelenfrieden nur in einer tätigen und teilnehmenden Hinwendung zur Welt wieder erlangen!

»Und als allererstes werde ich diese nervtötende Klospülung reparieren!«, sagte Herr Patocki und rappelte sich auf, trottete ins Bad und öffnete den Kasten für die Spülung. Aus einer der Plastikvorrichtungen, die sich darin befanden, tropfte es heraus. Patocki löste die mit einem Schraubverschluss zusammengefügten Teile voneinander, um die undichte Stelle wieder ordentlich zu verschließen.

»Nanu!«, dachte er plötzlich, als er mit einem Schlag völlig durchnässt in seinem Badezimmer stand und beeilte sich die Verschlüsse wieder zusammen zu schrauben. Doch wollte die störrische Plastikmutter nicht mehr auf das Gewinde passen und das Wasser sprühte ihm zischend ins Gesicht. Die Verbindungen sprangen immer wieder auseinander, nachdem er sie mühsam zusammengesteckt hatte. Schon sog sich seine Schlafanzughose mit Wasser voll und seine bloßen Füße plätscherten in einer immer tiefer werdenden Pfütze. Patocki weinte fast vor Verzweiflung. Er wollte laut „Hilfe!" rufen, riss sich aber wieder zusammen und versuchte noch einmal der Überschwemmung Herr zu werden. Aber die brennenden Qualen seines Herzens, der Zusammenbruch seiner seelischen Widerstandskräfte und dann auch noch das ganze Wasser, das bereits in den Teppich seines Wohnzimmers einsickerte, das alles belud Herrn Patocki mit einem geradezu übermenschlichen Maß an Unglück, sodass sein Nervensystem versagte und er niedersank, um sich endgültig seinem Schicksal zu ergeben.*

Zur gleichen Zeit hatte es sich Horst Hohner einige Etagen weiter unten auf seinem roten Ledersofa gemütlich gemacht. Er war gerade erst eingezogen und hatte keine Kosten gescheut diese Wohnschachtel (so nannte er sein neues Domizil in seiner Privatsprache) in ein schickes Studio zu verwandeln. Hier beabsichtigte er nach seiner Scheidung von der „habgierigen Schnalle" (das war seine Ex-Gattin) ein sorgenfreies Leben zu führen. Die Handwerker hatten Ewigkeiten gebraucht, um die Schachtel ein bisschen herzurichten. Aber jetzt war alles fertig. Horst schenkte sich ein Glas Whisky ein. Er dachte an seine neue Freundin, die Geigerin vom Stadtteiltreff, und wie sie unverhofft am Straßenrand gestanden hatte, vom Regen völlig durchnässt. Er dachte an die endlosen Wanderungen mit ihr im Taunus, den Tee aus der Thermoskanne und die selbstgedrehten Zigaretten. Hohner lächelte nachsichtig. Freilich würde er sie noch ein wenig zurechtstutzen müssen. Mit den kindischen outdoor Aktivitäten sollte es demnächst ein Ende haben, wenn er ihr erst die Welt gezeigt haben würde. Eigentlich hatte er durchaus Verständnis für ihre rustikale Lebensweise. Er selbst hatte auch so gelebt, als er noch Student war. Alternative Lebensführung in einem autonomen geistigen Raum! Das war damals auch sein Ideal gewesen, bis er eingesehen hatte, dass solche Phantasien nur Opium für das Volk waren. Wie weit hatte er all das hinter sich gelassen! Hohner nippte an seinem Glas und blätterte in Patockis Liebesbriefen, die vor ihm auf dem Glastisch herum lagen. Er lachte still. Dieser verliebte alte Trottel! Und dann noch dieser andere hakennasige Hampelmann dazu, mit dem sie zusammen Musik machte! Diese Herren hielten sich wohl für große Künstler mit ihrem Folklore-Trio. Es war höchste Zeit, dass er die zauberhafte Geigerin aus diesem Sumpf befreite.

Hohner breitete die Arme auf der fest gepolsterten Rückenlehne aus, legte den Kopf in den Nacken und schloss die Augen. Der Whisky rann durch seine Kehle. Vielleicht sollte er trotzdem diesen Herrn Patocki bei Gelegenheit in seine Schranken weisen!

Derlei und noch einiges mehr erwog Herr Hohner, während sich die Tapete hinter ihm langsam mit Leitungswasser vollsog und sich die Feuchtigkeit an der Wand entlang bis zum Fußboden ausbreitete. Dort löste sich allmählich das Laminat vom Estrich. Ein zweites Rinnsal war die Decke entlang gekrochen und die ersten Tropfen fielen aus dem Trafo seiner neuen Beleuchtungsanlage.

---

* Dieser Zwischenfall hätte übrigens ein noch viel schlimmeres Ende genommen, wenn nicht die kleine Mäh so geistesgegenwärtig gewesen wäre, zu Hausmeister Alois zu laufen, der unter andauerndem Schimpfen die undichte Klospülung in Patockis Badezimmer wieder in Ordnung brachte.

Onkel Patockis Märchenstunde

Herr Patocki saß auf seinem Sorgensessel und schrieb an einem der Briefe, die er gelegentlich für die kleine Mäh versteckte. Es waren Briefe von Louis, ihrem Hund, den der eingebildete Herr Hohner mit seinem Porsche überfahren hatte und dessen Knochen die Kleine seitdem in einem Beutel an ihrem Gürtel aufbewahrte. Patocki hatte sich inzwischen eine ganz abenteuerliche Geschichte ausgedacht, die den toten Louis mit einer Geigerin in einer fremden Stadt zusammen gebracht hatte. Heute schrieb er an einem Kapitel, in dem Louis in einen Fluss gefallen war und beinah zwischen Eisschollen ertrunken wäre, wenn ihn die Geigerin nicht gerettet hätte. Patocki schilderte alles aus der Perspektive des Hundes und war sehr zufrieden mit der dramatischen Ausgestaltung der Szene.

Die kleine Mäh kauerte derweil in ihrem Schaukelstühlchen und sah dem Archivar beim Schreiben zu. Sie glaubte übrigens kein Wort von dem, was in den Briefen von Louis stand, aber sie ließ es sich nicht anmerken, weil sie wohl bemerkt hatte, wie viel Freude es dem Archivar bereitete diese Geschichten aufzuschreiben. Sie hatte auch ganz recht, denn in Wahrheit tröstete das Schreiben vor allen Dingen Herrn Patocki selbst über seinen Liebeskummer hinweg, und daher wob er unermüdlich alle seine Seelenergießungen in die Hundebriefe ein. So blieb dem aufgeweckten Kind auch nicht verborgen, dass der Herr Archivar diese fremde Geigerin sehr liebte.

»Herr Archivar, wieso fliegen immer Schmetterlinge um Sie herum?«, fragte sie plötzlich, weil ihr langweilig geworden war. Patocki wandte sich um und da ihn nun einmal die Lust zu Fabulieren gepackt hatte, versuchte er einen davon zu fangen. »Also dieser hier ist... Eusebius und der hier heißt Anis (ach nein, der war ja kürzlich verloren gegangen), dieser hier aber ist Ariel und... das hier ist... ist die Arabella! Und der Hässliche hier heißt Kompressor.«

»Kompressor?«, fragte Mäh. »Jawohl, Kompressor! Und es herrscht ein großer Streit zwischen Eusebius und Kompressor!«, sagte Patocki wütend und erzählte weiter, dass Ariel schon zweimal vor Schreck gestorben sei und dass er, Patocki persönlich, ihn jedes Mal wieder zum Leben erwecken musste mit dem Ergebnis, dass dieser sonst überaus ängstliche Ariel inzwischen jede Art von Subordinationsverhältnis strikt ablehne und sozusagen zum „Kommunisten" unter den Schmetterlingen geworden sei. Außerdem habe sich Ariel unsterblich in Arabella verliebt, die eine ganz ausnehmend schöne Schmetterlingsdame sei. Auch Eusebius sei in sie verliebt und... leider auch Kompressor! Deswegen sei auch Eusebius schon ganz orange vor lauter Ärger geworden.

Die kleine Mäh betrachtete sich die Schmetterlinge genauer. Einer von ihnen sah wirklich etwas verfärbt aus, saß etwas abseits und blickte beleidigt in eine andere Richtung. Sie verdrehte die Augen, weil sie schon ahnte, wie die Geschichte weiter gehen würde. Patocki brauste auf.

»Kompressor!«, rief er, »...dieser arrogante Schnösel mit seinen albernen gelben Flügeln... dieser hinterlistige Angeber hält sich wohl für etwas Besseres! Nur weil er die unglückliche Arabella in einem schwachen Augenblick...«

Patocki konnte nicht weiter erzählen. Er schüttelte seinen Kopf, bohrte seine Hände tief in die Jackentaschen und stapfte zornig um Mähs Schaukelstuhl herum. Die Kleine blätterte inzwischen in einem der buntbemalten Ordner und betrachtete sich das Foto von dem explodierenden Walfisch. Patocki blieb stehen. Dann trat er auf den Balkon hinaus. Es regnete.

Im nebligen Dämmergrau verschwammen die Konturen des gegenüber liegenden Hochhauses. Die Fernsehprogramme, die hinter den Glasscheiben eingeschaltet waren, flimmerten gleichmäßig auf der riesigen Fassade. Ein Mosaik aus illuminierten Fensterviereecken fügte sich vor seinen Augen zu einer funkelnden Physiognomie zusammen, die ihm aus dem inwendig beleuchteten Betonberg zublinzelte.

Dort wohnte Helga und hier der Hausmeister Alois. Da drüben Eva und etwas weiter oben Angelika, die

Altistin mit der schicken Frisur und hier Mama Aleks mit Fabian. Das Hochhaus schien ihm eine Grimasse zu schneiden. Herr Patocki dachte an den Laubsaugermann, der unten in der Ladenpassage vor dem Stadtteiltreff stand und sich schon seit einigen Wochen die bittersten Vorwürfe machte wegen einer Tasse Kaffee, zu der ihn das Fräulein Smeraldy eingeladen hatte, die er aber ausgeschlagen hatte.

»Ach, das hübsche Fräulein Smeraldy!«, klagte der Laubsaugermann seitdem zuweilen. Dann schwieg er wieder tagelang. Patocki wusste gar nicht mehr, wo dieser merkwürdige Mann eigentlich hergekommen war und warum er die ganze Zeit unter dem Obstbäumchen vor dem Stadtteiltreff stand.

Nach und nach belebte sich alles um ihn herum. Das ganze Viertel, auch die toten Dinge, waren nun für ihn beseelt. Die kleine Mäh hatte angefangen den Brief von Louis zu lesen, den Herr Patocki auf seinem Sorgensessel liegen gelassen hatte. Sie passte gut auf, dass der Archivar es nicht bemerkte. Patocki aber stand regungslos draußen, brummelte vor sich hin und blickte etwas beleidigt in die Ferne.

Als Mäh den Brief fertig gelesen hatte, war sie sehr froh, dass diese fremde Geigerin den ertrinkenden Louis aus den Eisschollen gerettet hatte.

Ein Lahmacun für die kleine Mäh

Die kleine Mäh hatte es eilig. Sie zerrte Herrn Patocki hinter sich her. Sie konnte kaum erwarten den Dönerimbiss zu erreichen. Herr Ö. hatte ihr nämlich einen Lahmacun auf Kosten des Hauses versprochen, nachdem er erfahren hatte, dass sie sich ausschließlich von Fleischklößchensuppe ernährte.

»Miriam! Nicht so schnell!« rief Herr Patocki, der kaum folgen konnte. Er nannte sie schon seit einigen Tagen so, weil er fand, dass Mäh kein richtiger Name sei. Das Kind zog ihn fest an seinem Ärmel, am Stadtteiltreff vorbei in Richtung Eisdiele, die noch immer leer stand und mit verblichenen Papiertischdecken zugehängt war, bis sie den Dönerimbiss erreichten.

Als sie eintraten, begrüßte sie Herr Ö., als hätte er schon die ganze Zeit auf sie gewartet. Dann schnitt er die gegrillte

Kruste vom Drehspieß herunter und reichte der kleinen Mäh unter einigen Komplimenten einen Lahmacun über die Theke. Sie eilte damit geradewegs zu einer Eckbank im hinteren, etwas dunkleren Teil des Lokals. Dort kletterte sie auf die Sitzfläche und entfernte das Silberpapier. Patocki nahm neben ihr Platz und betrachtete unschlüssig den Döner, den er für sich selbst bestellt hatte. Gerade wollte er Mäh darauf aufmerksam machen, dass schon die alten Assyrer im 2. Jahrtausend vor Christus Lahmacun gegessen hätten, als es ihm plötzlich die Sprache verschlug. Denn erst jetzt bemerkte er, dass der selbstverliebte Herr Hohner vor der Kasse an einem runden Tisch stand und kauend in einer ELSA-Zeitung blätterte.

Patocki lüftete missmutig seinen Zylinder. »Hallo Herr Nachbar!« murmelte Hohner nicht weniger unangenehm überrascht. Dann räusperte sich Hohner und kam, um das betretene Schweigen aufzulockern, auf die Stadtteil-Zeitung zu sprechen, die er noch immer in der Hand hielt.

»Das ist ja ein selten dämliches Käseblatt! Anscheinend versuchen hier ein paar frustrierte Arbeitslose ihr verschämtes Geltungsbedürfnis auszuleben, indem sie ein bisschen Journalismus spielen...«

Herr Patocki sah rot! Er hörte auch gar nicht mehr zu, was dieser arrogante Schnösel noch alles über die ELSA-Zeitung zu bemerken hatte und das Gespräch hätte wahrscheinlich einen sehr unschönen Verlauf genommen, wenn nicht gerade in diesem Moment Ari Bregovic mit dem Rücken die Imbisstür aufgeschoben und hinter sich her einen riesigen Sack in das Lokal geschleift hätte.

»André! Sieh mal, was ich gekauft habe!« rief er, während er den Sack öffnete, unter dem ein Kontrabass zum Vorschein kam.

Verzwickte Situation: Hier stand Ari Bregovic mit seinem Kontrabass, wohl in der Absicht zu erzählen, dass er sich dazu entschlossen habe wieder bei schall&rauch mitzuspielen, fortan allerdings am Bass, damit Patocki weiter der Akkordeonist bleiben könne. Dort Herr Hohner, der schweigend die zusammengerollte Zeitung in der Hand hielt und im Hintergrund Patocki, der zornig seinen Döner vor sich hin mümmelte und nach Kräften versuchte, nicht zu explodieren. Bregovic verstummte und stand etwas nutzlos im Weg herum. Dann zupfte er unschlüssig ein paar Saiten an dem riesigen Instrument, um das, was er eben noch mitteilen wollte, möglichst schnell und unauffällig zu einem versöhnlichen Ende zu bringen.

»Mein verehrter Herr Hohner«, hauchte Patocki plötzlich mit äußerster Beherrschung und ohne aufzublicken in seinen Döner, »ich selbst gehöre dieser Zeitung an...«

Patockis Stimme wurde eindringlicher.

»...und ich bin stolz darauf Teil dieser großen Bewegung zu sein, in der Menschen zusammen finden und Freundschaft aussäen und ein Gefühl der Zugehörigkeit... «

Patocki machte eine kurze Pause. Ein Kloß steckte ihm im Hals, denn er war für einen Moment tief gerührt von den schönen und gerechten Worten, die ihm über die Lippen gekommen waren. Dann aber platzte es aus ihm heraus:

»Sie Heiratsschwindler!«

Die kleine Mäh hielt sich, ohne ihren Lahmacun aus der Hand zu legen, die Ohren zu. Ihre Haare waren ganz vom Dönerfett verschmiert. Sie musste an ihren Hund denken, als er mit gebrochenem Rückgrat neben Hohners gelbem Porsche lag. Sie hampelte auf der Eckbank hin und her, fing an zu schreien, wie am Spieß, dann warf sie ihren Lahmacun auf den Tisch und rannte planlos durch den Raum.

Hohner setzte unwillig sein Teeglas auf die Untertasse.

»Heiratsschwindler? Das sagen SIE zu MIR? Ausgerechnet SIE mit ihren peinlichen Liebesbriefen...«

»Liebesbriefe? Woher wissen Sie das...«, Patocki tobte. »Dann haben SIE also meine Briefe gestohlen, als ich... Miriam! Du hast es doch bestimmt gesehen, dass dieser Mensch in meinen Taschen herumgewühlt hat, als ich im Wald unter der Schranke rastete, um ein wenig nachzusinnen!«

»Ich heiße MÄH! Einfach nur Mäh«, schrie Mäh und rannte mit ihrem Knochenbeutel gegen den Kontrabass.

Bregovic versuchte zu beschwichtigen und schlug einen heiter-kindlichen Groove an. Doch das nützte nichts. Der dumpfe Rhythmus des Basses beschleunigte sogar noch die psychomotorische Konfusion der Kleinen. Sie hyperventilierte und Tränen rollten über ihr Gesicht. Dann stemmte sie sich gegen die Tür, die sie nur mit Mühe aufbekam und rannte davon.

»Sehen Sie was Sie angerichtet haben, Sie... Bestie! Wir sehen uns vor Gericht wieder!«

Patocki und stürmte der Kleinen nach.

Als die Tür hinter ihnen zuschlug, fiel ein Teil der vegetabilischen Zutaten aus Hohners Döner heraus.

Bregovic lehnte den Bass an den Getränkeautomaten und hob die ELSA-Zeitung wieder auf, die der Luftzug vom Tisch geweht hatte.

Das Sommerfest

»Der halbe Kuchen hat nur 50 Cent gekostet!«, sagte Horst Hohner, als er sich auf einer der Bierbänke niederließ, die vor dem Stadtteiltreff aufgestellt waren. Er freute sich über das gute Geschäft, das er gemacht hatte und stach seine Gabel in den Schokoladenüberzug. Die hübsche Geigerin nahm neben ihm Platz, hörte aber kaum zu, als er dies sagte. Dann sprang sie wieder auf, als ob ihr etwas Wichtiges eingefallen wäre und eilte zu André Patocki, der an der Kuchentheke stand und beim Verkauf behilflich war.

Hohner hatte seine Jacke mit leeren Ärmeln über die Schultern gehängt und begutachtete, den Ellenbogen auf den Tisch gestützt, das Kuchenstück auf seiner Gabel. Ein paar Seniorinnen saßen ihm gegenüber, tranken Kaffee und zeigten einander Urlaubsfotos.

»Ja, ja! die Luft über Fraport ist voller Hochbetagter!«, sagte Hohner beiläufig und schob den Teller mit der Kuchenhälfte wieder von sich weg. Es trat eine betretene Stille ein.

Herr Patocki stand indessen hinter der Kuchentheke und sah nach draußen. Der Tadel, den ihm gerade die Geigerin wegen des Kuchenpreises erteilt hatte, machte ihm zu schaffen.

Dann gab es für einen Euro eben nur ein Stück vom Kuchen und nicht das ganze Ding zusammen, dachte er. Wenn er nur ein wenig freier wäre in seinen Gedanken, um sich mehr für solche praktischen Details zu interessieren. Ach, die schöne Geigerin! Was hatte sie denn jetzt schon wieder mit diesem arroganten Hohner so Wichtiges zu besprechen? Wie gerne hätte auch er sich einmal mit ihr unterhalten! Aber sie beachtete ihn überhaupt nicht. Nicht die Bohne! Nicht ein einziges persönliches Wort hatte sie die ganze Zeit an ihn verloren. Und dieser Hohner bekam sie ganz! Jetzt drückte ihr dieser Schnösel auch noch den Schlüssel seines albernen Porsche in die Hand. Aha! So weit war es also schon gekommen!

Patocki warf missmutig ein Stück Kuchen auf einen Teller, als die Geigerin mit dem Schlüssel in der Hand schnurstracks zu Stephan H. eilte, der vor dem Grill kniete und mit einem Pappteller die Glut anfachte. Was hatte sie denn jetzt mit Stephan zu verhandeln, fragte sich Patocki, besann sich aber sogleich, dass ihn das alles ja gar nichts anginge. Er hätte auch nicht weiter über diese Angelegenheit nachgedacht, wenn sein Blick nicht doch noch einmal auf die Szene am Grill gefallen wäre.

Stephan nahm den Autoschlüssel und steckte ihn ein. Dann lachten beide. Was ging da nur vor? Alle teilten irgendwelche Vertraulichkeiten miteinander. Nur er, André Patocki, war wieder einmal außen vor, musste Kuchen verkaufen und sollte nützlich sein! Zu mehr brauche man ihn hier nicht! Ein ehrenamtlicher Laufbursche war er für den Stadtteiltreff, sonst gar nichts! Patocki zwang sich woanders hinzusehen.

Vor dem Laubsaugermann, der noch immer an den Pflaumenbaum vor dem Probenraum gefesselt war, saß Helga und spielte dazu auf ihrer Ukulele. Daneben standen Kinder um das Fräulein Smeraldy herum und ließen sich die Gesichter bunt bemalen. Eine kleine Fraktion der Kinder war damit beschäftigt einen Mini-Dickmann aus einem Plastikbecher, den sie mit Gummiringen an einer der Bierbänke befestigt hatten, in die Luft zu schießen. Ihre Köpfe bogen sich zu dem dämmernden Firmament empor, in das der Dickmann nach einem kraftvollen Wuuuutsch verschwand. Die ersten Würstchen brutzelten schon auf dem Rost und deftige Rauchschwaden legten sich über die Tische.

Stephan trat ans Mikrofon und richtete ein paar Worte der Begrüßung an die Anwesenden. Dann fügte er verschmitzt hinzu:

»Gerade eben haben wir eine elegante Lösung gefunden, wie wir den Transport der Lebensmittelspenden für unseren „Brotkorb" organisieren können! Unser neuer

Nachbar, Herr Hohner, hat sich nämlich soeben bereit erklärt, seinen Porsche für diesen wohltätigen Zweck zur Verfügung zu stellen und übernimmt überdies sämtliche Kosten für das Benzin! Allerdings hat Herr Hohner nicht die Zeit die Fahrten selbst auszuführen. Aber ich könnte mir vorstellen, dass unser allseits hoch geschätzter Herr Patocki an einem Ehrenamt Freude finden könnte, das ihn jeden Donnerstag durch ganz Mainz führen würde. Danke schon einmal im voraus an dich, lieber André!«

Ein nicht enden wollender Applaus brauste auf. Patocki erhob sich und lüftete seinen Zylinder. Herr Hohner aber saß ganz blass vor seinem halben Kuchen und alles wartete auf eine Ansprache dieses großzügigen Mannes.

Plötzlich entfuhr der kleinen Mäh ein Schrei. Dann kippte sie rücklings von der Bierbank, schlug sich dabei den Ellenbogen auf und, was noch schlimmer war, sie zerriss dabei ihren Knochenbeutel, sodass die Überreste ihres Hundes klappernd über den Boden rollten.

Was war geschehen? Eines der Kinder hatte das selbst gebastelte Katapult auf sie gerichtet und einen Mini-Dickmann auf sie abgeschossen. Wuuutsch! Das klebrige Projektil verfehlte sie nur knapp. Dennoch wäre es fast zum Skandal gekommen! Der Dickmann flog quer die Bierbank entlang und klatschte dem ohnehin schon sehr verdrossenen Herrn Hohner geradewegs ins Genick. Ein Raunen ging durch die Menge. Hohner sprang auf, nahm sein Jackett und stürzte davon...

Nachdem sich die erste Aufregung gelegt hatte und die ungezogenen Kinder unter ernstlichen Ermahnungen nach Hause gebracht worden waren, wurde es noch sehr lustig an diesem Abend. Der Elsa-Chor gab einige Lieder zum Besten und Helga spielte auf der Ukulele, lange noch, nachdem die Sonne hinter den Hochhäusern versunken war.

Eva am Baum der Erkenntnis

Wärst du wie ich eine Buche im Park
Zwischen anderen Buchen geboren
Unsere Wurzeln im Boden berührten sich zart -
O! Wir Bäume sind niemals verloren!

»Wow, das ist aber ein tolles Gedicht, lieber Laubsaugermann!«, sagte Eva und versuchte dabei ernst zu bleiben. Dann las sie weiter:

Liebende lehnten sich an uns an
Wenn sie hilflos sind
Unser knarrendes Trostlied sängen wir dann
Mit kräftiger Stimme gegen den Wind

Der Laubsaugermann hatte mehrere Monate lang an diesem Gedicht gearbeitet, bevor er es Eva zur Begutachtung vorlegte. Er hatte es für das Fräulein Smeraldy geschrieben und versprach sich davon, dass es eine große Wirkung auf sie haben würde. Er suchte noch nach passenden Worten, um Eva die Tiefe seiner Empfindungen begreiflich zu machen, als plötzlich das Fräulein Smeraldy höchstpersönlich mit einem Aktenordner unter dem Arm aus dem Stadtteiltreff ins Freie trat.

»Sieh mal, Colette, unser Laubsaugermann hat ein Gedicht für dich geschrieben!«

Eva überreichte ihr das Schriftstück. »Das ist aber nett! Les' ich später!«, sagte Colette, faltete das Blatt zusammen und legte es auf die Fensterbank.

Das Fräulein war herausgekommen, um mit Eva eine etwas knifflige Angelegenheit zu besprechen, doch ein immer lauter werdendes Motorgeräusch machte ein Gespräch nahezu unmöglich. Es war Donnerstag und genau 12 Uhr, als Herr Patocki mit dem gelben Porsche in die Elsa-Brändström-Straße einbog, um die Lebensmittel für den Brotkorb anzuliefern. Nun war Patocki alles andere als ein routinierter Autofahrer und hatte Schwierigkeiten mit der Schaltung zurecht zu kommen und so klemmte er sichtlich angespannt hinter dem Lenkrad und fuhr im ersten Gang mit überdrehtem Motor die Straße entlang. Auch hatten es die ehrenamtlichen Helfer des Brotkorbs nicht ganz verhindern können, dass der Porsche bei diesem Einsatz etwas von seiner Eleganz einbüßte. Man hatte einen wackeligen Holzkasten für die Dosen auf dem

Dach angebracht und mit Gaffaband einen verrosteten Leiterwagen, der mit einem Berg aus Brot und Gemüse beladen war, an der Heckklappe befestigt. Auch das Innere des Wagens war mit Lebensmitteln vollgestopft. Von den schwarzen Ledersitzen war kaum mehr etwas zu sehen und der Fußraum war voller Krümel.

Die kleine Mäh saß auf der engen Rückbank und bewarf Herrn Patocki mit Salatblättern.

»Hör auf!«, rief Patocki und blickte in den Rückspiegel, durch den er die kleine Mäh sehen konnte.

»Und leg den Apfel zurück! Der gehört den armen Leuten!« Dann wies er die Kleine an aus dem Rückfenster zu sehen und aufzupassen, dass der Anhänger nicht umkippt. Die kleine Mäh verdrehte die Augen, kniete sich rückwärts auf die Sitzbank und kontrollierte den Anhänger. Überfordert wie Patocki war, trat er aufs Gas. Mäh kippte kopfüber auf die Hutablage und schien sich köstlich darüber zu amüsieren.

Vor der Einfahrt zum Brotkorb musste Patocki wegen eines Pfostens noch einmal scharf bremsen, wodurch die Kleine rücklings zwischen den Kopfstützen hindurch auf den Beifahrersitz purzelte, dabei mit ihren Stiefeln die Sonnenblende abriss und mit den Schultern zuunterst auf der Sitzfläche landete. Patocki glättete seinen Hut, der dadurch ganz zerdrückt worden war und zog die Handbremse an. Mäh hörte gar nicht mehr auf zu lachen. Überhaupt war sie in letzter Zeit viel lebendiger, fast schon ein bisschen aufmüpfig geworden.

»Geschafft!«, sagte Herr Patocki, nachdem er das Auto zum Stehen gebracht hatte. Dann kletterte er aus dem Wagen heraus und begab sich erleichtert in die Räumlichkeiten des Brotkorbs.

Das Fräulein Smeraldy hatte den Aktenordner wieder zugeklappt und war vor dem durchdringenden Lärm in die hinteren Räume des Stadtteiltreffs geflüchtet. Als aber der Laubsaugermann sah, dass sie das Blatt mit seinem Gedicht auf der Fensterbank liegen gelassen hatte, ließ er aus Enttäuschung ein paar Blätter fallen und beschloss, sich von nun an überhaupt nicht mehr in die tückischen Händel dieses Lebens einzumischen.

Hoch oben in der 19. Etage des Hochhauses stand in diesem Augenblick Horst Hohner hinter dem Vorhang seiner Balkontür. Er hatte sich, wie an jedem Donnerstag, eigens Urlaub genommen, um auf die Rückkunft seines Wagens zu warten. Er sah zu, wie der Porsche mit viel zu hoher Drehzahl um die Kurve fuhr, mehrmals unsinnig scharf bremste und vor dem Brotkorb schroff über die Bordsteinkante holperte, dabei fast einen Pfosten gerammt hätte und mit einem Ruck auf dem Gehweg zum Stehen kam. Die kleine Mäh kletterte aus dem Wagen und biss in einen Apfel. Herrn Hohner blieb gar nichts anderes übrig, als gute Miene zum bösen Spiel zu machen, weil er es sich mit der Geigerin nicht verscherzen wollte. Um ihretwillen hatte er auch sein Auto dem Brotkorb zur Verfügung gestellt, damit sie sehen würde, wie großzügig er war. Schließlich nahm er den Handstaubsauger aus der Ladestation und machte sich auf den Weg hinunter zu seinem Auto, um wieder Ordnung in sein Leben zu bringen.

Herr Hohner schafft Ordnung

Inzwischen dürfte es ja wohl weithin bekannt sein, dass alle Bewohner der Hochhäuser rund um den Stadtteiltreff arbeitslos, übergewichtig und drogenabhängig sind. Jetzt bekommen sie auch noch das Essen umsonst, hier im Brotkorb! Diese Leute wissen doch überhaupt nichts mit normalen Lebensmitteln anzufangen. Entweder bewerfen sie sich gegenseitig damit oder lassen sie vergammeln oder tauschen sie gegen Schnaps ein!

Herr Hohner war wirklich wütend, als er dergleichen vor sich hin murmelte. Er kniete vor der geöffneten Tür seines Porsche und saugte mit zunehmendem Ingrimm den Innenraum seines Wagens aus.

Er hingegen hatte sein ganzes Leben lang hart gearbeitet! Tagein tagaus hatte er geschuftet für seinen bescheidenen Wohlstand, ja schon als Kind hatte er gearbeitet, während die anderen noch damit beschäftig waren ihre Windeln voll zu scheißen! Und jetzt fielen die Faulenzer über sein Vermögen her!

Hohner beugte sich kopfüber ins Wageninnere. Seine Hose war in dieser Lage etwas heruntergerutscht und entblößte seinen behaarten Rücken, was von außen betrachtet einen recht unvorteilhaften Anblick bot. Es blies eine nasser, unfreundlicher Wind, doch Hohner kümmerte sich nicht darum, denn er wurde immer ungehaltener über die scheinheilige Armut der Unterschicht, die nur darauf aus war, seinen neuen Porsche in ihren Besitz zu bringen.

Die Mittelkonsole mit dem Edelstahl-Schalthebel und dem Bordcomputer war voller Krümel. Ein klebriges Rinnsal troff über den Monitor. Die Sonnenblende war abgerissen und lag auf dem Ledersitz. Überhaupt war das ganze Fahrzeug mit Lebensmitteln voll gestopft wie eine Sardinenbüchse. Um den Wagen herum waren ehrenamtliche Helfer emsig dabei das Obst und Gemüse in den Brotkorb zu tragen. Auch Herr Patocki half beim Ausladen. Ari Bregovic redete dabei auf ihn ein. Es ging um ein Buch über das Opernwerk Richard Wagners, das er gekauft hatte, und über die sozialistischen Tendenzen im Ring des Nibelungen.

»Mit Verlaub, lieber Aristoteles, ich habe im Moment überhaupt keine Zeit für den Sozialismus! Ich bekämpfe nämlich gerade die Armut!«, unterbrach ihn Patocki etwas unwirsch, warf sich zum Beweis einen Sack Kartoffeln über die Schulter und freute sich dabei im Stillen über seine schlagfertige Antwort. Bregovic steckte betroffen sein Buch wieder ein und machte sich nun auch seinerseits daran einen Sack Zwiebeln aus dem Anhänger zu heben.

»Janosch!«, rief plötzlich die Geigerin, die mit einem Wäschekorb im Arm die Straße überquerte. Eine Tischdecke war im Wind aus dem Korb geflogen.

»Janosch!«, rief sie noch einmal und stampfte mit dem Fuß auf, um den Hund davon abzuhalten hinterher zu jagen. Janosch blieb einen Moment stehen, sah abwechselnd zur Geigerin und zu der davon fliegenden Decke. Dann stürzte er bellend los und hinter ihm drein die Geigerin und beide, als seien sie Wesen aus Watte, stürmten die Straße entlang und entfernten sich immer weiter von dem belebten Ort vor dem Brotkorb. Die Tischdecke blähte sich in einer Böe auf wie ein Gespenst und als entböte sie Hohner ein letztes Lebewohl, schraubte sie sich unwirklich langsam, wie Tinte in einem Glas Wasser, in die Höhe und zog die Geigerin und ihren Hund mit sich davon.

Hohner kauerte auf dem Asphalt. Er sah den beiden nach. Er schien der Einzige zu sein, der inmitten des geschäftigen Treibens um sich herum diese Erscheinung bemerkt hatte, fast als sei sie aus ihm selbst heraus entstanden, als habe sie sich aus seinem Inneren vergegenständlicht ohne wirklich zu existieren. Nicht einmal der fette Patocki, der sonst unablässig zu der Geigerin hinschielte, schenkte der Entschwebenden auch nur die geringste Bedeutung. Hohner schaltete den Handstaubsauger aus, legte ihn behutsam auf den gelb-schwarzen Ledersitz und starrte vor sich hin.

»Wo bleiben denn die Zwiebeln?«, fragte Martha, die aus den Räumen des Brotkorbs nach oben geeilt war und schüttelte mit spöttischem Wohlwollen den Kopf, als sie sah, wie sich Bregovic redlich abmühte, einen Sack aus dem Anhänger zu zerren. Dann fiel ihr Blick auf Hohner, der wie versteinert vor seinem Auto hockte, während alles um ihn herum in Tätigkeit war. Sogar einer der Hobbygärtner, der seine Obst- und Gemüsespende abgegeben hatte, half beim Ausladen der Waren aus den Supermärkten. Denn man war spät dran an diesem Donnerstag.

An diesem windigen Donnerstag, als Horst Hohner seinen Handstaubsauger zur Seite legte und ohne sich darüber klar zu sein, was er eigentlich tat, aufstand und sich dem verrosteten Leiterwagen zuwandte, der mit Gaffaband an der Heckklappe seines eleganten Porsche befestigt war. Dann legte er eine Hand auf Bregovics Schulter und es geschah etwas völlig Unerwartetes:

Horst Hohner ergriff den Sack mit den Zwiebeln, wuchtete ihn aus dem Anhänger und trug ihn mit schweren Schritten und unerklärlichem Sanftmut in die Räumlichkeiten des Brotkorbs.

Herr Patocki begibt sich in ein Bordell

»Fabiieee!!« schrie Mama Aleks und riss Herrn Patocki aus seinem Tagtraum.

Patocki hatte an der Bushaltestelle gewartet und den festen Entschluss gefasst ein Bordell aufzusuchen. Ja, er wollte heute ins Rotlichtmilieu eintauchen, in diese geheimnisvolle, verruchte Unterwelt, wo Lust und Sünde regierten. Heute war er zum äußersten entschlossen und dachte diesen verwegenen Gedanken ohne zu zögern in allen Einzelheiten zu Ende. Ja, in wenigen Minuten würde er vor einer leicht bekleideten Dame stehen!

Er erging sich mit Herzklopfen in den Details dieses Zusammentreffens, warf die Arme auf den Rücken und schritt in banger Erwartung vor der Bushaltestelle auf und ab. Dabei wiederholte er mit größter Genauigkeit diese verbotenen und unwiderstehlichen Bilder, die er in sich trug und flüsterte lautlos und schwelgerisch in sich hinein:

»Ja! So soll es sein!«

Dieses überwältigende Vorhaben ließ ihn ganz vorsichtig gehen, teils um nicht erwischt zu werden auf seinen verwegenen Pfaden, teils um das wohlig-labile Wärmezentrum in seinem Körper nicht zu zerstreuen, das sich zu seinem Herzklopfen gesellt hatte. Eine junge, hübsche Frau sollte es sein, mit langen Haaren und kurzem Rock!

Wohl hatte sich Herr Patocki schon das eine oder andere Mal zu diesem Zweck auf den Weg gemacht, war aber niemals weiter gekommen als bis zur Eingangstür des Etablissements, wo ihn aber jedes Mal Skrupel überkommen waren, die ihn am Eintreten hinderten. Diesmal aber sollte es anders werden...

Auf der anderen Straßenseite spielten Fabian und die kleine Mäh miteinander. Vielleicht war es auch nur Fabian, der mit Mäh spielen wollte. Ihr ohnehin dünner Geduldsfaden schien zu reißen. Plötzlich trat sie Fabian gegen das Knie, der wie aus Pappe durch die Luft flog und in einer Pfütze landete. Als er sich wieder aufgerappelt hatte, wollte er Mäh eine Handvoll Dreck ins Gesicht werfen, bekam aber die Finger nicht rechtzeitig auseinander, sodass der Dreck auf dem Boden vor seinen Füßen landete.

»Du schummelst, Miriah!« schrie er und war den Tränen nahe und konnte nicht verstehen, dass die kleine Mäh, nach allem was sie ihm angetan hatte, nicht wenigstens tot umfiel. Dann humpelte er davon.

»Fabiieee!!« schrie Mama Aleks, als der wütende Fabian auf die Strasse gelaufen war und ganz hilflos vor dem Bus stand, der wie eine hupende Wand auf ihn zuraste. Patockis erotische Phantasien fanden ein jähes Ende und noch während die Fahrgäste im Bus durcheinander gewirbelt wurden, war er losgestürzt, hatte Fabian am Schlafittchen gepackt und war zur anderen Straßenseite durchgestartet, wo er mitsamt dem Kind zuerst gegen die Mülltonne vor dem Brotkorb stolperte und dann etwas benommen auf dem Gehweg zu liegen kam. Schon kniete Mama Aleks vor Fabian und umarmte ihn ganz fest.

»Herr Patocki hat Fabi das Leben gerettet!« rief sie dabei ganz aufgeregt. »Herr Patocki hat Fabi das Leben gerettet!« rief sie gleich noch einmal, als hätte sie Angst, Herr Patocki könnte es sich noch einmal überlegen und Fabi doch nicht das Leben retten. Die Fahrgäste applaudierten. Auch der Busfahrer bedankte sich durch das offene Fenster ausdrücklich bei Herrn Patocki. Es war niemand zu Schaden gekommen, außer dass von Patockis neuem Zylinder nur noch eine Bremsspur auf dem Asphalt übrig geblieben war.

Zuerst versuchte Patocki, um den ganzen Vorfall so wenig Aufhebens wie möglich machen, um sich wieder seinen zarteren Gefühlen zuwenden zu können, doch schon standen die Leute vom Stadtteiltreff an der Bushaltestelle und beglückwünschten ihn zu seiner mutigen Tat. Patocki wiegelte ab. Er wollte zurück in seine Phantasiewelt zu dem hübschen Freudenmädchen, das auf ihn wartete und so duldete es keinen Aufschub, dass er endlich in diesen Bus würde einsteigen können, aus dem ihm die Fahrgäste anerkennend zuwinkten und der ihn in zu jenem verheißungsvollen Ort bringen sollte.

Aber da klopfte auch schon das Fräulein Smeraldy auf seine Schulter, lieh ihm den Arm und alle gemeinsam begaben sich zum Stadtteiltreff, um André Patocki zu feiern und Fabian und Mama Aleks und das Leben überhaupt. Es wurde Pappe und Satin gebracht. Aleks schleppte ihre Nähmaschine herbei und es dauerte nicht lange, bis unter ihren Händen ein neuer Zylinder entstanden war, dessen Innenseite die Geigerin mit der Zeichnung eines kleinen Akkordeons verzierte.

Der Nachmittag gestaltete sich zu einem veritablen Fest. Die gegenseitigen Umarmungen wollten nicht enden. Sogar der Laubsaugermann vor der Tür ließ sich zu einem Anteil nehmenden Kopfnicken herab. Ausnahmsweise wurden sogar alkoholische Getränke ausgeschenkt und am Ende ging jeder beschwingt und glücklich nach Hause.

Nur Herr Patocki schlurfte auf seinem Heimweg mürrisch die Feuerwehrzufahrt entlang. Mutwillig kickte er eine verbeulte Bierdose vor sich her und schimpfte vor sich hin über die viel zu vielen ungezogenen Kinder, die es in diesem Viertel gab und fragte sich ernstlich, ob die albernen Leute vom Stadtteiltreff überhaupt der richtige Umgang für ihn seien.

Herr Hohner folgt einer Vision

Es ging das Gerücht, André Patocki habe Herrn Hohner ein Bein gestellt. Andere behaupteten, Hohner habe auf dem Bolzplatz beim Volleyballspielen der Geigerin imponieren wollen und sei deshalb bei einem waghalsigen Sprung so unglücklich gestürzt, dass man ihn ins Krankenhaus hatte bringen müssen. Fragte man Hohner selbst, bekam man zur Antwort, er sei absichtlich so schwer verunglückt, sei sogar noch während des Sturzes einer Vision gefolgt, habe sich seinen schweren Verletzungen geradezu entgegen geworfen, um auf diese Weise alles Schlechte von sich abzuschütteln...

Um etwas Licht in diese widersprüchlichen Schilderungen zu bringen, erlaube ich mir an dieser Stelle einen Bericht einzustreuen, den Herr Bregovic kurz nach dem Unglück verfasst und in der Stadtteil-Zeitung veröffentlicht hat.

(der Herausgeber)

Bericht über meinen Krankenhausbesuch bei Herrn Hohner:

Nachdem unser Nachbar, der großzügige Herr Hohner, schon einige Tage wie vom Erdboden verschluckt gewesen war, stellte ich mir die besorgte Frage, was mit ihm geschehen sein mochte. Die Sorge veranlasste mich auch umfangreiche Nachforschungen anzustellen und so brachte ich schließlich von Stephan H. in Erfahrung, dass Horst Hohner an einem seiner freien Donnerstage an einer Sportveranstaltung teil genommen hatte, die der Stadtteilreff wöchentlich unter dem Namen „Sport&Spiel" in den Grünanlagen der Elsa-Brändström-Straße ausrichtet. Dabei hatte Herr Hohner wohl versucht beim Waldlauf unsere Geigerin zu überholen und war dabei von einem so heftigen Seitenstechen überrascht worden, dass er die Orientierung verlor und in eine Brombeerhecke stolperte. Stephan H. war auch das Krankenhaus bekannt, in dem sich Hohner aufhielt, zumal er selbst den Verletzten in eine Plastikplane gewickelt, sich das Bündel über die Schulter geworfen, damit zur Klinik geeilt und es dort abgegeben hatte.

Ich beschloss unverzüglich Herrn Hohner im Krankenhaus zu besuchen. Er lag ermattet in einem großen Bett und hob kraftlos seine Hand zum Gruße, als er mich erblickte. Das Sprechen fiel ihm schwer. Seinen sparsamen Worten konnte ich nur Bruchstückhaftes über den Hergang des Unfalls entnehmen. Hohner hat sich, nach seinen eigenen Worten wohl selbst, noch während er in die Brombeerhecke eintauchte, in einer Art Traumbild gesehen. Ihm war, so sagte er mir, als fiele er nicht in ein stacheliges Gebüsch, sondern stiege in seinen Porsche ein, um darin aus seinem alten Leben davon zu schweben.

Zuerst schwebte ich lautlos die „Breite Straße" entlang und fühlte wie mein Weg einem neuen, lauteren Leben entgegen flog. Der Wunsch dorthin zu gelangen wuchs so stark in mir an, dass mich ein unwiderstehlicher Sog erfasste, nachdem ich in die Kapellenstraße eingebogen war. Ich trat aufs Gaspedal. Der Motor heulte auf und die Beschleunigung drückte meinen Körper fest in den Schalensitz. Die 325 PS entfalteten ihre ganze Kraft. Die Villen und Gärten, das Blätterdach über der Straße zogen sich zu farbigen Streifen in die Länge. Ich fuhr wie durch einen Tunnel, fiel durch einen engen Schacht in eine endlose Tiefe. Gerade noch konnte mir ein Radfahrer ausweichen, der zwischen zwei parkenden PKW verschwand...

Herr Hohner nippte an seiner Schnabeltasse. Dann entschlummerte er unter verhaltenen Schmerzenslauten, nicht ohne noch einmal zu betonen, dass er inzwischen sein Leben von Grund auf geändert habe...

In seinem Fiebertraum schien Herrn Hohner allerdings nicht im geringsten bewusst gewesen zu sein, dass der Radfahrer, der ihm hatte ausweichen müssen, kein Geringerer als Herr Pfarrer N. gewesen war, denn schon schoss der Porsche mit 350 km/h in den Wald hinein. Die Stoßdämpfer wurden zusammengestaucht, als er die Fußgängerbrücke hinaufraste, sodass der Boden des Wagens über den Asphalt rumpelte, und als es wieder bergab ging, hob das Auto ab und flog in die Wendelinusschneise hinein. Dort schleuderte der Wagen mit quer stehendem Heck gegen eine Kapelle. Die hölzerne Mutter Gottes, die darinnen vor einer Kerze wachte, fing Feuer und die ganze Kapelle brannte sogleich lichterloh. Ein Rottweiler, der durch das Feuer in Panik geraten war, riss sich von der Leine los und sprang ins Gestrüpp, worin sich bereits ein aus dem Wildpark entlaufener Keiler versteckt hielt, sodass ein unschönes Gekeife entstand. Helga, die am Wegesrand stand und gerade anhob, einem jungen Franzosen umständlich zu berichten, was in ihrer Gymnastikstunde vorgefallen war, blieb das Wort im Halse stecken, als sie mit schreckgeweiteten Augen das Fahrzeug auf sich zurasen sah. Allein Stephan H., der ebenfalls in diesem Moment den Waldweg entlang gejoggt kam, nahm kaum Notiz von dem ganzen Spektakel und drehte sich, wie es seine Gewohnheit war, in aller Ruhe eine Zigarette, während der Porsche einen Holzstapel rammte, sich mehrmals überschlug und rauchend auf dem Dach liegend vor der Schranke seine Amokfahrt abrupt beendete...

Indes war der Herr Pfarrer N. der Kindergärtnerin Sonja beim Aufstehen behilflich, die er bei seinem Ausweichmanöver in der Kapellenstraße zu Boden gerissen hatte. Unter wechselseitigen Entschuldigungen rangen beide um Fassung. Er bedauerte ihr aufgeschlagenes Knie, sie sein ramponiertes Fahrrad.

»Ein Weg entsteht, wenn man ihn geht!«, stammelte der Pfarrer, um dem Vorfall einen tieferen Sinn abzugewinnen, worauf ihm die Kindergärtnerin, noch immer ganz blass, ein Stück Käsekuchen anbot, das sie aus ihrer Handtasche hervor kramte. Zur gleichen Zeit aber lag Hohner längst mit zerschmetterten Armen und Beinen und mehrfach gebrochenem Genick in einem qualmenden Schrotthaufen. Ein paar zermatschte Schmetterlinge klebten auf den zerbrochenen Scheinwerfern und ein Rinnsal aus heißem Motoröl tropfte auf seine Hand. Dies war das letzte was er wahrnahm, bevor er sein Leben aushauchte...

So viel habe ich während meines Krankenhausbesuchs über Hohners Sturz in die Brombeerhecke in Erfahrung bringen können. Im Bemühen den Vorfall lückenlos aufzuklären habe ich mir erlaubt, Hohners, von mehrfachen Ohnmachtsanfällen unterbrochene Ausführungen, behutsam zu ergänzen und auszuschmücken. Besonders die Stelle mit der brennenden Madonna und die Stelle mit dem Käsekuchen haben mir einiges Kopfzerbrechen bereitet! Doch war dies unverzichtbar, um der riesigen Umwälzung, die sich an Herrn Hohner ereignet hat, gerecht zu werden.

Der behandelnde Arzt äußerte sich mir gegenüber zuversichtlich, dass Herr Hohner körperlich bald wieder vollkommen hergestellt sein wird.

Unsere besten Wünsche begleiten den Genesenden.

(A. Bregovic)

Die kleine Prinzessin

Es war Ende November geworden und die Weihnachtszeit nahte. Ganz Gonsenheim war von einer dünnen Schneeschicht überzogen und die Hochhäuser am Wildpark standen wie nasse, düstere Würfel in der winterlichen Landschaft. Hinter den Fenstern glomm warmes Licht und vor dem Stadtteiltreff weilte noch immer der Laubsaugermann unter dem Pflaumenbaum. Die Kinder hatten ihn mit Christbaumkugeln geschmückt und eine Überdachung aus OSB-Platten und Dachpappe, die das Fräulein Smeraldy für ihn gebastelt hatte, schützte ihn vor dem Schnee.

Ein Hauch von Zimt und Vanille strömte in die Dämmerung hinaus, als Stephan H. die Tür öffnete, um sich in der frischen Luft eine Zigarette zu drehen. Drinnen war Mama A. gerade dabei mit der Kindergruppe „Total Normal" Plätzchen zu backen. Überhaupt war man in allen Räumen des Stadtteiltreffs mit Weihnachtsvorbereitungen beschäftigt. Im Probenraum bauten Herr Bregovic und die Geigerin den Adventskalender zusammen, Helga übte auf der Ukulele und Herr Patocki versuchte einen großen Blumentopf mit einem Ficus zur Überwinterung in das Café zu schieben.

»Geh doch mal aus dem Weg, Oma!«, rüpelte Patocki Helga an, als er rückwärts den Topf hinter sich herziehend an ihren Stuhl stieß.

Stephan H. stand auf den Zehenspitzen, stemmte die Hände in die Hüften, bog seinen strapazierten Rücken und atmete tief durch. Dann fiel sein Blick auf den Laubsaugermann, der mit hängendem Kopf und ausgebreiteten Armen wie ein Heiligenbild unter seiner Bedachung hing. Stephan kramte ein paar Jonglierbälle aus seiner Anglertasche hervor und warf sie diesem rätselhaften, stillen Mann zu, um ihn zu größerer Anteilnahme zu animieren. Der aber ließ die Bälle achtlos an sich vorüber fliegen. Stephan zog an seiner Zigarette. Sein Blick fiel auf Bregovic, der im Probenraum ziemlich prekär mit einem Knäuel aus Lichterketten in der Hand auf einer wackeligen Leiter vor dem Adventskalender schwankte, während die Geigerin nach einer Rolle Gaffaband griff, offensichtlich in der Absicht, sie ihm zuzuwerfen. H. schnippte entsetzt seine angefangene Zigarette in das vereiste Gebüsch und eilte hinzu, um ein Unglück zu verhindern.

Patocki machte sich noch immer an dem Ficus zu schaffen und murmelte dabei Rechtfertigungen vor sich hin, weil ihm langsam klar wurde, wie grob er gerade zu Helga gewesen war. Inzwischen hatte sich auch der Elvis von Gunsenum umgekleidet und seine Tonanlage aufgebaut und gerade in dem Augenblick, da er zum Mikrophon griff und zu einem amerikanischen Weihnachtslied anhob, erstrahlten die fünfhundert Lichter des Adventskalenders und tauchten den ganzen Raum in einen festlichen Glanz. Ein paar Kinder kicherten und hielten sich mit teigverschmierten Händen die Ohren zu, um den Elvis zu ärgern, der darauf etwas verunsichert seinen Verstärker noch einmal überprüfte. Einige Damen des Elsa-Chors warteten bereits draußen und bewunderten den illuminierten Adventskalender hinter dem Fenster.

»Wie schön!«, meinte Sonja. »Für jeden Tag gibt es einen Kasten mit einem Vorhang!«

Bregovic zog probeweise einen der Vorhänge auf.

»Und die Holzfigur in dem Baum ist dann wohl der 24te!«, fügte Kathrin hinzu.

Unter seinem Baldachin und im funkelnden Schnee sah der Laubsaugermann wirklich so aus, als sei er gerade aus dem Adventskalender hervorgegangen.

»Jetzt fehlt nur noch das Christkind!«, fand Mama A., als plötzlich Hufe über den Parkplatz klapperten und sich aus der Dunkelheit die Silhouette eines Ponys näherte, auf dem eine Prinzessin saß. Alle Köpfe wendeten sich um und ein »Oh!« und »Ah!« entfuhr den Anwesenden, als diese Märchengestalt langsam auf sie zu schritt.

»Wo hast du das Pferd her?«, fragte Herr Patocki etwas unwirsch die Prinzessin.

»Geschenkt gekriegt!«, antwortete die kleine Mäh schnippisch.

»Von wem?«

Das Pferd bahnte sich behutsam einen Weg durch die Versammelten, damit es jeder einmal streicheln konnte. Dann blieb es stehen und die kleine Mäh hob das Köpfchen noch höher. Helga saß ganz verzaubert zwischen den Backblechen und stimmte, obgleich tief verletzt von Patockis Rüpelhaftigkeit, das Lied von den drei Haselnüssen an.

»Ich habe dich etwas gefragt!«

Die kleine Mäh war bereits wieder zum Parkplatz zurück in die Dunkelheit hinaus geritten. Dann blieb sie noch einmal stehen, drehte sich um und sah kurz zu Patocki zurück:

»Von Herrn Hohner!«

Herr Hohner hält eine Rede

Jedes Jahr zur Adventszeit gibt der ELSA-Chor in einer der Gonsenheimer Kirchen ein großes Konzert. Dabei pflegt der Chorleiter Stephan H. mit seinem ausgeprägten Gespür für Bühnenwirksamkeit ehrenamtliche Helfer des Stadtteiltreffs dazu einzuladen, zwischen der Chormusik das Programm durch Vorträge weihnachtlicher Texte aufzulockern und abzurunden.

Auch Horst Hohner hatte einen solchen Text vorbereitet. Er sollte einen kurzen Bericht über die finanzielle Situation des Stadtteiltreffs vortragen. Allerdings fühlte sich Herr Hohner, der sonst ein weltläufiger Mann war, im freien Vortrag etwas gehemmt. Dies hatte er auch mehrmals betont, als man ihm diese Aufgabe übertrug. Schließlich erklärte er sich dann doch dazu bereit den Konzertbesuchern zumindest in vagen Andeutungen eine wirtschaftswissenschaftliche Analyse der globalisierten Welt im Allgemeinen und des Stadtteiltreffs im Besonderen, nahe zu bringen.

Eigens zu diesem Zweck hatte Hohner sogar eine PowerPoint-Präsentation ausgearbeitet, um den Zuhörern seine mikro-ökonomischen Ausführungen besser verständlich zu machen. Sonja, die Moderatorin des musikalischen Jahresausklangs, sollte dabei, analog zu Hohners Vortrag, die Folien mit den entsprechenden Grafiken und Diagrammen an die Kirchenwand projizieren.

Herr Hohner war bereits etwas nervös, als nach den ersten Weihnachtsliedern die Reihe an seinen Vortrag kam und er an das Mikrofon trat. Sein Beitrag wäre auch zweifellos ein großer Erfolg geworden, wenn nicht leider Herr Patocki die Niedertracht besessen hätte, den Zettel, auf dem Hohner seine Gedankengänge notiert hatte, während des Chorgesangs vorsichtig aus dessen Jacketttasche zu ziehen, um ihn gegen ein Foto einer leicht bekleideten Dame auszutauschen. Herr Hohner musterte das Publikum und wartete noch einen Moment, bis vollkommene Stille eingetreten war. Dann zog er den Zettel aus seiner Jacketttasche, konsultierte ihn kurz, zögerte und schwieg. Es dauerte einige Zeit, bis er sich das erste Mal räusperte. Es verging noch einmal eine geraume Zeit, dann hustete er leise. Ein Murmeln ging schon durch die Kirchenhalle. Die ersten Schweißperlen standen auf seiner Stirn und Herr Patocki konnte es kaum erwarten, dass Horst Hohner gleich wie ein Schokoladenweihnachtsmann zerfließen würde und sich vor allen Anwesenden und vor allem vor der schönen Geigerin so richtig blamieren würde.

»Ich stehe hier etwas ratlos vor Ihnen...«, murmelte Herr Hohner endlich in das Mikrofon, »...da ich eigentlich einen Vortrag halten wollte über die finanzielle Lage des Stadtteiltreffs.«

Herr Hohner entschloss sich an dieser Stelle zu einer weiteren, längeren Pause. Endlich sprach er weiter:

»Aber die festliche Stimmung hier in dieser Kirche, all die schönen Weihnachtslieder und vor allem Sie, das Publikum, das unserem Chor, der vielleicht nicht immer den allerhöchsten künstlerischen Erwartungen genügen mag, so große Aufmerksamkeit schenkt und damit Teil hat an etwas, das weit wichtiger ist als Finanzen und Ökonomie... dieser bewegende Moment also... veranlasst mich heute Abend nicht wie vorgesehen über das liebe Geld zu sprechen, sondern... es ist mir viel mehr ein Bedürfnis Ihnen einmal zu beschreiben... was mir persönlich diese Einrichtung bedeutet...«

Hohner sprach leise, aber alle hörten mit wachsender Anteilnahme zu. Sonja war geistesgegenwärtig genug, um kurzerhand anstelle der Diagramme ein Foto auf der Kirchenwand erstrahlen zu lassen, das Herrn Hohner zeigte, als er während des Sommerfests seinen Porsche für die Belieferung des Brotkorbs zur Verfügung stellte. Dies rührte Herrn Hohner sehr und er hatte mit Tränen zu kämpfen, als ihm auf diese Weise deutlich vor Augen stand, was für ein guter Mensch er eigentlich war.

»Ich gebe es zu, ich selbst war skeptisch, als ich meine ersten Kontakte zum ELSA-Chor knüpfte. Doch dann widerfuhr mir etwas, womit ich nicht gerechnet hatte. Es war die Begegnung mit warmherzigen Menschen, die bereit sind, ihre individuellen Ziele zurückzustellen, um gemeinsam ein Werk zu tun und in der Musik den Zusammenhalt einer lebendigen Nachbarschaft zum Ausdruck zu bringen... Und ich habe noch etwas in dieser Gemeinschaft gefunden: einen Freund! - Es ist etwas ganz Besonderes, einen Menschen zu kennen wie ihn, André Patocki. Ich habe noch nie jemanden kennen gelernt, der so wie er, ohne viel Worte darüber zu verlieren, immer nur Gutes bewirkt, fast als sei es sein einziger Lebenszweck, den Menschen beizustehen und ihnen in den Wirrungen des Lebens Mut und Zuversicht zu geben, nicht mit weisen Ratschlägen, nein, sondern allein durch sein Handeln, durch das, was er in aller Bescheidenheit an jedem einzelnen Tag einfach tut!«

Es verschlug Herrn Hohner die Sprache. Es dauerte lange, bis sich jemand entschloss, vorsichtig zu klatschen. Dann folgte stürmischer Applaus.

Herr Patocki aber war inzwischen ganz hinter den Sopranistinnen verschwunden. Er kauerte auf dem Boden, hatte seinen Zylinder tief ins Gesicht gezogen und schämte sich.

Bregovics Garten

Es war wohl in jener Zeit, als ich meine Lebensgefährtin zum ersten mal in der Hochhausanlage besuchte, um ihr einen Blumenstrauß zu überreichen. Doch schon bei meinem zweiten Besuch bei ihr schwelte in dem Gebäudekomplex die „Fußmattenfehde". Ausgelöst wurde diese Fehde von einem Angestellten des Reinigungsunternehmens, das für die Pflege des Treppenhauses zuständig war. Dieser Angestellte, ein Äthiopier, kannte wohl Sinn und Zweck der Fußmatten, versäumte es jedoch regelmäßig nach seiner Arbeit die Matten in genauer Zuordnung seiner Besitzer vor die Wohnungstüren zurückzulegen. So versah dieser, ansonsten freundliche Mensch, nach seiner Arbeit jede Eingangstür zwar jeweils mit irgend einer Matte, doch in einer völlig falschen Reihenfolge. Nun, es war seitdem keine Ordnung mehr unter den Fußmatten herzustellen und wäre nicht das Pferd der kleinen Mäh im Aufzug gewesen, dessen Versorgung mit Heu eine gemeinschaftliche Aufgabe der gesamten Nachbarschaft geworden war, so hätte sich das ganze Haus bald heillos darüber zerstritten.

Um allen Streitigkeiten aus dem Wege zu gehen, machten wir es uns deshalb zur Gewohnheit, schon bei den geringsten Anzeichen von klappernden Putzeimern und an die Tür stoßender Besen, unser gemütliches Heim zu verlassen, um uns in den Stadtteiltreff zu begeben. Unser Rückzug hatte zwar zur Folge, dass der Fußabtreter vor Kathrins Tür nach jeder Flurreinigung an Wert und Qualität einbüßte, was wir aber für die Aufrechterhaltung des Hausfriedens gerne in Kauf nahmen. Zudem hatten unsere regelmäßigen Besuche im Stadtteiltreff den unüberschätzbaren Vorteil, dass ich so besser mit Herrn Patocki bekannt wurde und mich danach überhaupt in die Lage versetzt sah die Geschichten über ihn zu sammeln und aufzuschreiben.

Dort genoss man die ersten wärmenden Sonnenstrahlen des Frühlings im Freien, plauderte zwanglos bei Kaffee und Kuchen und sah Herrn Bregovic bei der Arbeit an seinem Gartenprojekt zu. Ein imposantes Vorhaben, das er da in Angriff genommen hatte und dessen Entwicklung in dieser Zeit noch in den Kinderschuhen steckte. Bregovic hatte schon seit längerem mit dem Gedanken gespielt, eine Art „Republik am Wildpark" zu etablieren. Eine Art Refugium, eine kleine lokale „Republik", die auf Gemeinsinn und nachbarschaftlicher Verantwortung gründen sollte. Nachdem ihm Herr Hohner seinen PKW-Stellplatz zur Verwirklichung dieses Ziels zur Verfügung gestellt hatte, war Bregovic daran gegangen, all dies in die Tat umzusetzen. In einem ersten Arbeitschritt sollten die Pflastersteine auf dem Parkplatz weggeräumt und Lavendel gepflanzt werden. Bregovic beabsichtigte in einer zweiten Phase auch andere Stellplatzbesitzer für diese sozio-botanische Reorganisation der Straße zu gewinnen und so nach und nach die gesamte asphaltierte Fläche zwischen den Hochhäusern in eine Parklandschaft umzuwandeln.

Ich nahm auf einem der Plastikstühle Platz, die um ein unscheinbares Obstbäumchen aufgestellt waren und sah Herrn Bregovic bei seiner ambitionierten Arbeit zu.

»Na haben Sie auch schon eine Fahrkarte?«, fragte mich Frau M. etwas unvermittelt.

Ich wusste mit dieser Frage auf Anhieb nichts anzufangen und war froh, als in diesem Moment Herr Patocki eintraf und sich nicht lange bitten ließ den Damen noch einmal die Geschichte zu erzählen, wie er einst den „Laubsaugermann" für den Stadtteiltreff habe gewinnen können. Ach ja! Der berühmte „Laubsaugermann!"

Nachdem ich von Kathrin schon so viel über diesen Laubsaugermann gehört hatte, war ich natürlich mehr als gespannt, diesen weltabgewandten Eremiten einmal in Wirklichkeit zu erleben. Aber wie enttäuscht war ich, als unter dem Obstbäumchen weit und breit von einem Laubsaugermann oder einem sonst irgendwie verschrobenen Wesen nichts zu sehen war (von ein paar verwitterten OSB-Platten in den dürren Ästen und der leicht anthropomorphen Gestalt des Bäumchens einmal abgesehen). Dennoch herrschte hier Einigkeit darüber, dass ein heiliger Mann hier weile und dem Platz eine ganz außergewöhnliche Aura verleihe. Ich wollte natürlich kein Spielverderber sein und grüßte auch meinerseits den unsichtbaren Gesellen auf das herzlichste.

Kathrin eilte Bregovic beim Entfernen der Pflastersteine zur Hilfe. Später winkte sie der Chorleiter zu sich und beide beratschlagten ganz im Stillen. Ich war natürlich neugierig, was die beiden da so heimlich zu tuscheln hatten, aber ich ließ es mir nicht anmerken. Frau M. ließ es sich derweil angelegen sein, mir Bregovics Vision von der „Republik am Wildpark" noch einmal näher zu erläutern.

Die Parkanlage, die Bregovic schuf, sei als Rahmen gedacht für ein lebenswerteres soziales Umfeld. Sie solle der gesamten Nachbarschaft die Gelegenheit geben sich in einer gemeinschaftlichen Aufgabe zusammenzutun. Dies solle dann zu einer verbesserten Kommunikation und in der Folge davon zur Relokalisation des Wirtschaftens führen.

»Ein bemerkenswertes Konzept! Aber schwerlich umzusetzen!« gab ich zu bedenken und erinnerte Frau M. an die Fußmattenfehde, deren Opfer Sie selbst ja sicherlich auch schon geworden sei...

»...aber immerhin scheint Herrn Bregovic die Landarbeit recht gut zu tun!«

Die Diskussion über Bregovics Republik war gerade im Begriff ins Politisch-Weltanschauliche abzuschweifen, als sich Kathrin zu uns gesellte und mir beiläufig zwei Zugfahrkarten in die Brusttasche steckte. Frau M. sah uns verschwörerisch an. Ich war mehr als verwundert über diese Geheimnistuerei, doch musste ich mich bis zur Aufklärung noch in Geduld fassen, denn plötzlich wurde im Café ein gehässiges Gezeter laut...

Die Tür flog auf, die kleine Mäh stürmte heraus, die Geigerin war außer sich. Unstimmigkeiten zwischen den beiden war man inzwischen schon gewohnt, denn die Damen mochten einander nicht besonders, um es gelinde auszudrücken. Dieses Mal hatte das Kind den Bogen allerdings überspannt oder besser gesagt, es hatte den Bogen seiner Lehrerin mit Salatöl eingeschmiert, um ihn unbrauchbar zu machen, worauf es zu dieser heftigen Auseinandersetzung gekommen war.

Herr Patocki unternahm einen Versuch zwischen den beiden zu vermitteln, fand aber keine rechte Beachtung. Die Geigerin beschloss den Unterricht für alle Ewigkeit zu beenden. Die kleine Mäh stürmte aus dem Stadtteiltreff quer durch Bregovics neu gepflanzten Lavendel, drehte sich noch einmal um und beschimpfte die Geigerin auf das Entsetzlichste. Schließlich nahmen die beiden endgültig voneinander Abschied, nicht ohne sich dabei gegenseitig den Tod zu wünschen.

Bregovics Prüfung

Herr Stephan H., mit seinem untrüblichen Gespür für alles Notwendige, hatte dazu aufgerufen. Alle Aktiven, Ehrenamtlichen und sonstigen Freunde des Stadtteiltreffs sollten sich auf eine Zugfahrt begeben. Sinn der Reise war es Herrn Bregovic bei seiner Abschlussprüfung als Kundenbetreuer eines regionalen Eisenbahnunternehmens hilfreich zur Seite zu stehen und sein Wissen über die tariflichen Feinheiten des öffentlichen Schienennahverkehrs durch strategisch vorbereitete Fragen in ein möglichst günstiges Licht zu rücken. Dies schien umso dringender, da Bregovics Kenntnisse, nach Aussage des Herrn Hohner, mit dem er sich in langen Abendstunden auf diese Prüfung vorbereitet hatte, noch einige Lücken aufgewiesen hatten. Immer wieder hatten sie geübt, wie ein Strafticket in das tragbare Terminal einzugeben war. Immer wieder hatte Bregovic die Daten aus seinem Personalausweis in das Gerät eingetippt, bis er es schließlich im Schlaf beherrschte. Dennoch war Bregovic an den Tagen vor der Prüfung ganz zerstreut, ließ seinen Garten vor dem Stadtteiltreff verwildern und suchte Trost und Zuflucht in sozial-revolutionären Überlegungen.

Der Tag der Prüfung war gekommen. Die Zugfahrt führte von Bingen nach Kaiserslautern durch das schöne Alsenztal. Die Leute vom Stadtteiltreff verteilten sich im Wagon. Der Zug fuhr pünktlich los. Allerdings nicht sehr weit, da Bregovic schon beim Einsteigen der Dienstschlüssel in den schmalen Spalt zwischen Wagontür und Bahnsteig gefallen war. Der Bahninspektor, der Bregovics Prüfung durchführte, veranlasste den Zugführer ein Stück vorwärts zu fahren, kletterte die Bahnsteigkante herunter, holte den Schlüssel wieder zwischen den Gleisen hervor und gab kurz darauf mit einem entschiedenen Pfiff die Zugfahrt frei.

»Oh das ist aber ein eleganter Schaffner!« rief Kathrin, um Bregovic etwas Mut zu machen, als der den Wagon betrat. Bregovic war überrascht, so viele Bekannte im Abteil anzutreffen. »Ja durchaus! Doch! Sehr seriös!«, rief Sabine am anderen Ende des Wagons. Der Bahninspektor, ein stattlicher Mann mit einem runden, ehrlichen Gesicht, sah über den Rand seiner Lesebrille in das Abteil und nickte Bregovic zu, dass er nun mit der Fahrkartenkontrolle beginnen könne. Bregovic versah seinen Dienst mit größter Gewissenhaftigkeit, bedankte sich jedes Mal, nachdem er eine Fahrkarte mit einem Zangenabdruck versehen hatte und machte eine „wirklich gute Figur als Schaffner", wie sich die Damen aus dem ELSA-Chor gegenseitig versicherten.

Hinter Bad Münster am Stein durchmaß der Zug eine malerische Felsenlandschaft. Das kleine Fachwerkgebäude des Altenbamberger Bahnhofs zog an uns vorüber und die Gleise folgten dem gewundenen Lauf der Alsenz.

»Ist das nicht die kleine Mäh!«, rief plötzlich Sonja. Alles drängte ans Fenster. Es bot sich ein märchenhaftes Bild. Das Kind ritt auf seinem weißen Pony über die Wiesen und übersprang den Zaun einer Koppel. Man winkte ihr zu, als sie kurz zu uns herüber sah. Der Inspektor wunderte sich.

»Ach übrigens, ich bin *nicht* im Besitz einer gültigen Fahrkarte!« warf etwas unvermittelt Herr Dr. Müller ein und zog mit diesem Geständnis die allgemeine Aufmerksamkeit auf seine Person. Es hatte Stephan H. einige Mühe gekostet Herrn Müller davon zu überzeugen, dass ausgerechnet er die Rolle des Schwarzfahrers spielen sollte, um Bregovic die Gelegenheit zu geben seine Fähigkeiten unter Beweis zu stellen.

»Das kostet jetzt 60 Euro!«, meinte Bregovic sichtlich überfordert und versuchte sich besonders kompromisslos zu zeigen, indem er etwas unumstößliches in sein mobiles Terminal eintippte. Der Inspektor dicht hinter ihm stehend warf einen skeptischen Blick auf Bregovics Vorgehensweise. Schließlich brachte das Gerät mit einem dezenten Surren eine Quittung hervor. Man applaudierte. Doch leider schien der Inspektor mit dem Ergebnis keineswegs zufrieden zu sein. Er trennte das Billet persönlich mittels der eigens dafür angebrachten Schneidekante von dem Gerät ab, überprüfte es noch einmal und zerriss es dann bedächtig zu Schnipseln. Dabei sprach er so leise zu Bregovic, dass man nichts verstehen konnte. Doch war es sicher kein Lob.

»Hält dieser Zug auch in Bad Kreuznach?«, fragte ich, wie es mir Herr Stephan H. aufgetragen hatte. Ich tat dies mit Bedacht gerade in diesem Moment, da die Prüfung in eine kritische Phase einzutreten begann. Brego konsultierte sein Terminal.

»Da hätten sie vor einer Viertelstunde aussteigen müssen!«, sagte der Vorgesetzte kurz und machte sich auf den Weg zum vorderen Teil des Zuges.

Nein, es war nicht gut gelaufen für Bregovic und alle sahen betreten aus dem Fenster. Der Inspektor unterhielt sich inzwischen mit einem jungen Mann, der neben der Tür stand und ein Baby auf dem Arm hielt. Der hohe Beamte war ganz dienstvergessen und albern, als er auf das Kind einredete...

Bregovic versuchte noch immer etwas Sinnvolles in sein Terminal einzugeben.

»Sehr geehrter Herr Oberbahnrat... wenn ich mir eine persönliche Bemerkung erlauben dürfte...«, rief plötzlich Herr Patocki, erhob sich und trat mit festen Schritten auf den Inspektor zu.

»André... nicht!«, flüsterte Stephan H. Doch es war schon zu spät!

»Dieser junge Mensch...«, fuhr Patocki unbeirrt fort und geriet im selben Augenblick durch einen unerwarteten Schlenker des Wagons ins Straucheln... »...dieser junge Mensch...«, wiederholte Patocki und wollte es nicht versäumen Bregovic auf die Schulter klopfen, während er sich bereits in einer unkoordinierten Vorwärtsbewegung befand und geradewegs in den jungen Mann mit dem Kind hineinstolperte. Das Kind stürzte, die Fahrgäste sprangen voller Entsetzen von ihren Sesseln auf und man hätte sich das Unglück gar nicht groß genug ausdenken können, wäre nicht Aristoteles Bregovic, schon in Vorahnung eines nahenden Missgeschicks, mit einem gewagten Sprung herbei geflogen, um das Kind im aller letzten Augenblick aufzufangen und einem sicheren Ende zu entreißen.

Alles wendete sich zum Guten. Der Inspektor gratulierte Bregovic zu seiner bestanden Prüfung und war sehr zufrieden, dass ihn sein untrügliches Vertrauen in Aris Fähigkeiten nicht getäuscht hatte, Stephan H. freute sich im Stillen über seine Idee die Leute vom Stadtteiltreff zu dieser über alle Erwartung erfolgreichen Zugreise animiert zu haben und auch der Herr Dr. Müller war froh durch seine aufopferungsvolle Rolle als Delinquent zu Bregos Erfolg beigetragen zu haben.

Nur Herr Patocki wurde während des ganzen restlichen Tages nicht müde sich über die mangelhafte Gleisführung der Bahn zu beschweren.

Der verschwundene Pfarrer

Aus der Ferne drang ein überdrehtes Motorengeräusch durch die Fenster, kam näher und schwoll zu einem ohrenbetäubenden Lärm an.

»Aha! Da kommt der Herr Patozki mit den Sachen für den Brotkorb!«, sagte Frau M. beiläufig ohne den Blick von ihrer Lektüre abzuwenden. Sie war gerade dabei den Wirtschaftsplan des Stadtteiltreffs zu überprüfen.

»Ob das fürs Getriebe auf Dauer so gut ist?«, fragte ebenso beiläufig der Elvis von Gunsenum, der gerade dabei war die Stühle für die bevorstehende Jahreshauptversammlung aufzustellen. Die Bedenken des Elvis entbehrten nicht eines gewissen Sachverstandes, da Hohners Porsche, seitdem er von Herrn Patocki gefahren wurde, immer öfter unschöne rasselnde Geräusche von sich gab und zur Qualmbildung neigte.

Plötzlich quietschten Reifen, es krachte und polterte, der überdrehte Motor verstummte schlagartig, eine Autotür wurde aufgerissen und wieder zugeschlagen. Man eilte ans Fenster.

Der Porsche stand quer auf der Straße. Der Anhänger war umgekippt und die ganzen Lebensmittel lagen verstreut auf dem Asphalt. Anlass des Unglücks war offensichtlich ein Fahrradfahrer gewesen, der aus der entgegen gesetzten Richtung kommend genau in dem Augenblick an der Einfahrt des Brotkorbs vorbei fahren wollte, als auch Herr Patocki dort einzubiegen beabsichtigte und der nicht anders als durch ein kurzes und beherztes Gasgeben von seinem Starrsinn abzubringen gewesen war. Der Radfahrer wich im letzten Moment aus und verschwand zwischen den Mülltonnen...

»Wie schön Sie so aufgeweckt zu sehen!« sagte der Radfahrer, als er sein Fahrrad zwischen den Plastikcontainern hervorzog. Herr Patocki war sehr ungehalten, lüftete aber seinen Zylinder, als er sah, dass es sich bei diesem unglücklichen Menschen um keinen geringeren handelte, als den Vorsitzenden des Stadtteiltreffs, den Herrn Pfarrer N.

Eigentlich hätte der Vorsitzende derlei Vorkommnisse gar nicht weiter persönlich genommen, wenn es nicht ausgerechnet Herr Patocki gewesen wäre, mit dem sich dieser Zusammenstoß ereignet hätte. Denn schon seit Langem hatte es sich Patocki zur Gewohnheit gemacht den wöchentlichen Gottesdienst im Stadtteiltreff aufzusuchen, um dort seinen Mittagsschlummer zu halten. Dieser Umstand bereitete dem Pfarrer einiges Kopfzerbrechen. Dies wuchs sich bei ihm zuweilen sogar zu schweren Zweifeln an seinen seelsorgerischen Kräften aus. Jetzt wollte der Vorsitzende die Gelegenheit am

Schopfe ergreifen, um sein angeschlagenes Selbstvertrauen wieder herzustellen. Er bedankte sich so warmherzig wie er nur konnte bei Herrn Patocki für dessen unbeirrbare Hingabe an seine Aufgabe als Fahrer für den Brotkorb, die eine allzu kleinliche Auslegung der Vorfahrtsregeln gewiss nicht erlaube und entschuldigte sich sogar für die Unannehmlichkeiten, die er durch sein stures Geradeausfahren verursacht haben mochte.

Patocki war von der überraschenden Güte des Pfarrers ganz gefangen genommen und wagte es kaum mit einer abschließenden Handbewegung anzudeuten, dass man das Geschehene nunmehr getrost ruhen lassen könne. Zumal er, Patocki, dieses unerwartete Zusammentreffen nicht ungenutzt verstreichen lassen wolle, um ein persönliches Anliegen von größter Wichtigkeit zur Sprache zu bringen...

Inzwischen wartete schon ein Bus vor der Unfallstelle. Kathrin eilte als Erste herbei, um der kleinen Mäh beim Aufrichten des Anhängers behilflich zu sein. Dann halfen auch einige Passanten und die ganze Angelegenheit war schon im Begriff sich in Wohlgefallen aufzulösen, als der Hausmeister Alois herbei geeilt kam, um zur Aufklärung des Hergangs beizutragen. Dies führte jedoch zu einer allgemeinen Unruhe, die nach und nach dergestalt eskalierte, dass sich eine immer größer werdende Schar Schaulustiger auf der Straße versammelte und Patocki vor Aufregung der Zylinder vom Kopfe flog.

»Beatus ille, qui procul negotiis!« proklamierte Herr Hohner, der inzwischen mit Frau M. und dem Elvis von Gunsenum zusammen vor dem Eingang des Stadtteiltreffs stand und das Geschehen auf der Straße beobachtete.

Hohner hatte es sich, seitdem er Schriftsteller geworden war, zum Vorsatz gemacht nur noch Erhabenes zu sagen. Auch sah man ihn seitdem nur noch im Bademantel und mit einem Spazierstock durch die Straße wandeln, so als stünde ihm durch die angestrengte Arbeit an seinem Werk nicht der Sinn danach sich um seine Garderobe zu kümmern.

Es dauerte einige Zeit bis wieder Ruhe eingekehrt war und man sich auch im Stadtteiltreff wieder den Vorbereitungen für die Versammlung widmen konnte. Der Tisch für die Vorsitzenden wurde mit Wassergläsern versehen, der Projektor für die Präsentation der Haushaltsrechnung eingeschaltet und die Herren Vorstände K. und P. nahmen links und rechts vom Stuhl des Vorsitzenden ihre Plätze ein. Man studierte die Zahlen, die auf der Leinwand leuchteten. Der Raum füllte sich. Das Fräulein Smeraldy richtete einige Worte der Begrüßung an die Versammelten, doch die Sitzung konnte nicht offiziell beginnen, denn der Stuhl zwischen K. und P. war noch immer leer. Alles wartete auf den Pfarrer. Man tuschelte über sein ungewohntes Säumen, schon machte das Gerücht die Runde, es sei zu einem Duell zwischen Herrn Patocki und dem Pfarrer gekommen.

Stephan H. griff zum Mikrophon, sagte ein paar einleitende Worte und informierte uns über die Tagesordnungspunkte. Er tat dies in aller Ausführlichkeit, um die Zeit bis zum Beginn der Sitzung zu überbrücken. Doch keiner hörte richtig zu, denn alle fragten sich in wachsender Besorgnis:

»Was ist mit dem Pfarrer?«

Ich erlaube mir an dieser Stelle einen kurzen Text einzurücken, den Herr Patocki unmittelbar vor der in Rede stehenden Hauptversammlung in der ELSA-Zeitung zur Veröffentlichung gebracht hatte. Ich will nicht verhehlen, dass später aus Redaktionskreisen eine gewisse Enttäuschung über die Qualität dieses Beitrags laut geworden ist, der, nach all den langwierigen Recherchen, die sein Autor in dem bereits erwähnten Papiercontainer unternommen hatte, in journalistischer Hinsicht etwas hinter den Erwartungen zurückgeblieben war.
(der Herausgeber)

Sehr geehrte Damen!
Ich wende mich an Sie in dieser Form, um, nach einer niederschmetternden Enttäuschung, eine neue Liebe zu wagen. Ich bin zugegebenermaßen nicht besonders sportlich und auch nicht reich. Allerdings besitze ich

eine hübsche Wohnung in der 23. Etage und spiele das Akkordeon in dem berühmten Quartett schall&rauch. Außerdem habe ich ein Kind. Es ist 5 bis 6 Jahre alt und verfügt über eine bemerkenswerte philosophische Bildung. Leider ist dieses Kind sonst sehr ungezogen und hat nicht einmal einen richtigen Namen. Ständig bringt es mein Archiv durcheinander oder lässt sein Schaukelstühlchen achtlos herumstehen, sodass ich darüber falle. Von dem skandalösen Geigenunterricht will ich gar nicht erst anfangen! - Manchmal wächst mir das alles über den Kopf! Wann wird es mir je wieder vergönnt sein in Ruhe eine Oper zu hören? Doch am liebsten würde ich dies mit Ihnen zusammen tun...

Bitte teilen Sie schnellstmöglich ihr Leben mit mir! Ich beantworte alle ernst gemeinten Zuschriften mehrmals und verbleibe bis dahin

I

hr ergebener Diener

André Patocki

Die Mitgliederversammlung

»Aha! Da kommt ja auch unser Vorsitzender...«, sagte Stephan H., als sich die Tür des Stadtteiltreffs öffnete und Pfarrer N. zusammen mit Herrn Patocki eintrat.

»Wir reden nach der Versammlung noch einmal über das Schreiben, Herr Patocki!« sagte der Pfarrer leise, während er seinen Platz zwischen den Herren Vorständen K. und P. einnahm.

Die Sitzung konnte nun endlich beginnen. Das Protokoll wurde genehmigt und der Vorstand berichtete über das vergangene Geschäftsjahr. Aber als das Fräulein Smeraldy die Einnahmen und Ausgaben erläuterte, ergriff etwas unvermittelt Herr Hohner das Wort:

»Es geht doch hier nicht um das liebe Geld! Es geht um etwas ganz anderes: Schauen Sie nur auf den blicklosen Gang all der Menschen, die da draußen gegen Missmutswände stolpern und bei all ihrer Selbstbestimmung gar nicht bemerken wie arm und unfrei sie eigentlich sind. Denn der Individualismus ist eine Macht, weil durch ihn die Menschen in ihrer Vereinzelung beherrschbar werden. Lassen Sie mich Ihnen eine Geschichte aus meinem eigenen Leben erzählen...«

Herr K. wollte etwas erwidern, doch schon hatte sich Hohner erhoben. Er klopfte bei jedem wichtigen Punkt mit seinem Spazierstock auf den Boden. Der moderne Mensch sei zerrissen, erklärte er, zwischen dem Privaten und den globalen Zusammenhängen.

»In dieser Dialektik, wenn Sie mir als Schriftsteller einmal erlauben wollen, es so auszudrücken, in dieser Antinomie bleibt etwas Wichtiges auf der Strecke, nämlich eine dritte Sphäre, auf die hin der Mensch aufgrund seiner prähistorischen Disposition ausgerichtet ist: ich meine damit so etwas wie eine dorfartig-interfaziale Ebene...«

»Ein Schwätzer vor dem Herrn!« flüsterte Mama A. und sprach damit offen aus, was die meisten schon längst dachten, denn Hohners Angewohnheit im Bademantel und nun auch noch mit Patockis Zylinder auf dem Kopf unter die Leute zu gehen, ließ keinen Zweifel zu, dass seine gewohnte Realität irgendwie undicht geworden war. Stephan H. unternahm einen vorsichtigen Versuch Hohners Vortrag durch eine verständnisvolle Zusammenfassung etwas abzukürzen. Da meldete sich eine weitere Stimme zu Wort.

»Der Kollege im Bademantel hat doch ganz recht! Die Anonymität mag auf den ersten Blick die Privatsache der Bewohner dieser Wohnanlage sein, doch bei näherem Hinsehen kostet sie uns bares Geld! Die Wohnungspreise in dieser Gegend sind seit dem Bau der Hochhäuser in den 70er Jahren permanent gesunken, weil das ganze Viertel zu einem Unruhenest geworden ist, in dem sich Einzelkämpfer aus aller Welt gegenseitig die Köpfe einschlagen. Es gab eine Zeit, in der kein Monat vergangen ist, ohne dass etwas Negatives über unsere Straße in der Zeitung gestanden hätte. Keiner wollte mehr investieren. Darum ist es auch ein Segen, dass es diesen Stadtteiltreff hier gibt, denn durch ihn steigen die Immobilienpreise in diesem Viertel wieder langsam an! Schätzungen zufolge um etwa ein halbes Prozent pro Jahr! Wenn man zum Beispiel eine Immobilie von 80 Quadratmetern Wohnfläche besitzt, dann bringt das dem Anleger in nur 12 Jahren...«

Der Wohnungseigentümer kramte einen Taschenrechner hervor und kam in der Eile auf einen Wertzuwachs von 4,8 Milliarden Euro pro Wohneinheit. Man wunderte sich. Die Diskussion wurde lebhafter. Jeder vertrat eine andere These über die Ursache der Schlechtigkeit in der Welt und über das geschäftsschädigende Verhalten der Mieter, die mit ihrer unablässigen Anonymität die Hochhäuser noch zum Einsturz bringen und in ein prähistorisches Dorf umwandeln würden.

Ein jovialer Ton hielt Einzug in die Debatte. Man lästerte über Frau L., von der es hieß, sie habe sich von einer nicht ganz billigen Schreinerei dazu überreden lassen ihre Wohnung zu modernisieren, nur um sie kurz darauf, weil sie die Veränderung nicht ertragen konnte, von einer anderen Handwerksfirma, die kaum billiger war, wieder in den ursprünglichen Zustand zurück versetzen zu lassen. Man machte sich über die Beleuchtungsanlage des Herrn E. lustig, die über eine Spracherkennung verfügte und imstande war sein Wohnzimmer in ein Licht zu tauchen, das ganz seiner seelischen Befindlichkeit entsprach, wenn er nur einen entsprechenden Laut von sich gab. Ein trauriger Seufzer etwa illuminierte den Raum in einem tragischen Rostrot, ein Kichern ließ ein gleißendes Weiß aufblitzen oder wenn einer weinte, flackerten alle Lampen dunkelviolett. Herr E. schien sich köstlich über die psychedelischen Lichteffekte in seiner Wohnung zu amüsieren und so drangen zuweilen die absonderlichsten Laute aus seiner Wohnung.

Die Stimmung wurde noch ausgelassener, als der Schaffner Bregovic einen Versuch unternahm, den Versammelten den Sinn und Zweck seines Gartenprojekts nahe zu bringen. Die Grenzlinie zwischen Spaß und Ernst löste sich immer mehr auf, und es machte sich eine unsinnige Heiterkeit breit. Kurz: alle waren mit dem Verlauf der Versammlung sehr zufrieden. Allein Herr Patocki wartete schweigend, bis dieser Spuk endlich ein Ende haben würde, denn ein Brief vom Jugendamt brannte in der Innentasche seines Fracks. Er zählte die Minuten, bis alle ihre kleinlichen Bedenken und überflüssigen Bemerkungen vorgebracht hatten und er endlich mit dem Pfarrer alleine sein konnte, um sich mit ihm über das weitere Vorgehen in dieser Angelegenheit zu beraten.

Janosch im Wasser

Wir alle erinnern uns daran, als wäre es gestern gewesen. Das Unglück geschah bei einem Auftritt des EL-SA-Chors auf den weit ausgebreiteten Wiesen am Ufer des Rheins. Die Vorbereitungen für das Konzert waren in vollem Gange. Man überprüfte die Texthefte, suchte nach Notenständern und nahm nicht ohne ein geschwätziges Hin und Her die Aufstellung ein. Vorne die hohen Damenstimmen, dahinter der Alt, an den Seiten Bass- und Tenorlagen der Herren.

Janosch und die kleine Mäh tollten derweil im zarten Sonnenschein auf der von den langen Schatten der Pappeln schraffierten Wiese herum. Janosch hetzte einen Hasen. Dahinter das lachende Kind mit dem klappernden Knochenbeutel. Plötzlich blieb der Hund stehen, sprang seiner kleinen Verfolgerin entgegen, als wolle er ihr die

Nase abbeißen. Aber es war nur eine Art Luftkuss, für den er sich sogleich durch eine kurze Verbeugung entschuldigte und schon sprengte er wieder dem Hasen hinterher, der furchtsam, den Kopf im Genick, die Ohren auf dem Rücken, um sein Leben rannte. Doch nie im Leben würde ihn Janosch erwischen, das war so gut wie unmöglich, denn der Gejagte verfügte ja über den Haken, über den Janosch nun einmal nicht verfügte...

Da kommen sie, schießen gegen den Fluss hin, der Hase stumm und seinen Trick im Herzen, Janosch in hohen, jammervollen Kopftönen heulend. Er rennt schneller als der Hase, der Abstand zwischen ihnen verkleinert sich, der entscheidende Vorstoß geschieht, aber da ist der Haken auch schon, ein kurzes Wegzucken im rechten Winkel zur Richtung des Laufs, und an seinem Hinterteil schießt Janosch knurrend und bremsend geradeaus, überschlägt sich mit einem mürrischen Stöhnen und schon hat der Hase einen bedeutenden Vorsprung gegen das Gehölz hin gewonnen...

Weiter flussabwärts im Dickicht, wo man manche schilfige Niederung antrifft, verschwiegene Orte über faul stehenden Tümpeln, in denen sich verkrümmtes Baumzeug spiegelt, sehen wir Janosch noch einmal. In nachdenklichem Bummeltrabe bewegt er sich dahin, wird einer Entenmutter gewahr, die mit ihrer Brut auf den behäbigen Wellen schaukelt. Den Schnabel in träger Behaglichkeit unter den Flügel gelegt, wiegt sie sich in

Sicherheit. Da springt Janosch mit Gebell in die Pfütze. Die Küken mit ihren Stummelflügeln fliehen nach allen Seiten davon. Tollkühn wirft sich die Mutter dem rauschhaften Hund entgegen, den Schnabel grässlich aufgerissen flattert sie gegen sein Gesicht, zischt ihm entgegen und erreicht ein verblüfftes Zurückweichen des Feindes. Dann nimmt sie Zuflucht zu einer List, lässt ihre Kleinen scheinbar im Stich, fliegt gegen den Strom und führt so den hinterdrein brausenden Jäger immer weiter fort von ihrer Brut, bis sie uns aus den Augen kommen...

Nachdem wir die ersten Lieder aus unserem Repertoire gesungen hatten, ertönte auf dem Rhein die Sirene eines Lastkahns. Darauf trat eine merkwürdige Stille ein. Kein Wind regte sich, auch das Publikum klatschte nicht, nur Hermine, das Pferd der kleinen Mäh, wieherte, schüttelte den Kopf und scharrte mit den Hufen, als wolle sie sich von dem Baum losreißen, an den sie gebunden war. Alles blickte auf den Fluss.

»Janosch?«, sagte die Geigerin leise. Dann sprang sie auf, drehte sich fragend dem Fluss zu. »Janosch!«, schrie sie besinnungslos und rannte ohne sich um das Konzert zu kümmern ans Ufer. Alle sahen ihr betreten nach, dann folgte ihr der Chor zum Fluss...

Wie waren wir erleichtert, als Janosch völlig außer Atem und mit heraushängender Zunge hechelnd aus einem Gebüsch gekrochen kam. Die Ohren schlaff herab hängend. Ein auf vier zittrigen Knickbeinen staksendes, von Tang triefendes Häufchen Trübsal, den Rücken gekrümmt, aber unverletzt. Sein Fell stand in Borsten von ihm ab. Dann schüttelte er sich, wie es nur seinesgleichen tut. Ein Sprühregen von Wasser und Schlamm flog der Geigerin entgegen. Zuerst ließ er sich auch gar nicht anfassen, zu tief war er von den Tücken dieser Welt gekränkt. Zudem hatte er sein Indianerhalsband eingebüßt. Dann wedelte er doch etwas gequält mit dem Schwanz, als jeder ihn streicheln wollte. Man wickelte ihn in eine Decke und überbot sich in der Fürsorge, mit der man ihn wieder aufzurichten versuchte. Es grenzte wirklich an ein Wunder, dass Janosch es bis zum Ufer geschafft hatte, und das allgemeine Gefühl der Erleichterung mündete in ein großes Freudenfest auf den Wiesen am Rhein. Man freute sich, dass alles so glimpflich ausgegangen war. Schließlich vergaß man sogar den Anlass für die gehobene Stimmung und man feierte einfach weiter mitsamt dem Publikum bis in die tiefe Nacht hinein...

Erst einige Tage später erfuhren wir, dass die kleine Mäh ins Wasser gesprungen war und versucht hatte Janosch zu retten. Man fand ihren toten und aufgedunsenen Körper in den Wellenbrechern vor Bingen. Ihre blauen Finger waren fest um das Indianerhalsband gekrallt. Ein entsetzlich unsinniges Unglück, denn sie wäre viel zu klein gewesen, um einen so großen Hund aus dem Wasser zu ziehen.

Der Dahingegangene

Zuerst ging das Gerücht, dass Herr Patocki von jenem Meteoriten erschlagen worden sei, der kurz nach dem Tod der kleinen Mäh auf dem Großen Sand nieder gegangen war. Nachdem sich der erste Staub gelegt hatte, waren noch tagelang gelbe Schmetterlinge um den Himmelskörper herum geflattert. Man eilte mit einem Feuerlöscher herbei und als der dampfende Felsbrocken aus einem beachtlichen Krater heraus gerollt worden war, fand man darunter einen zerbrochenen Spazierstock und einen halb verkohlten Frack.

Später kam jedoch aus Budenheim die Kunde, man habe Patocki noch Tage nach dem Meteoriteneinschlag im Gonsenheimer Wald gesehen, wo er wie ein Rübezahl hauste und alte Damen erschreckte. Wieder andere glaubten, Patocki sei Schauspieler geworden und wollten ihn im Abendprogramm in verschiedenen Krimis gesehen haben.

Kam die Rede auf die kleine Mäh, so erinnerte man sich voller Rührung an den Tag, als sie sich in ihrer Not an den „Kindernotdienst" im Stadtteiltreff gewandt hatte. Aber sie hatte dieses Wort ganz falsch verstanden, denn diese Einrichtung vermittelte ehrenamtliche Betreuer für

Kinder, deren Eltern krank geworden sind. Doch davon wollte die Kleine nichts wissen, als sie vor unserem Chorleiter stand und nicht mehr von dessen Seite wich, bis sie Herr Patocki sie bei sich aufgenommen hatte.

Jetzt waren sie fort. Alle beide! Patocki war im Wald verschwunden oder beim Film oder vielleicht auch verschmort im Boden des Großen Sandes. Und die kleine Mäh? Wo mag ihre zerbrechliche Seele nun sein? Und ihre leiblichen Überreste? Um es offen zu sagen: Es waren wohl die Herren Bregovic und Hohner, die sie in aller Stille zu ihrer letzten Ruhestätte gebracht hatten. Dort liegt sie noch heute, mitsamt ihrem Knochenbeutel, und wenn es Herbst wird, fallen die Blätter des Laubsaugermannes leise auf ihr heimliches Grab herab.

Schwermut

Schwermut machte sich breit im Stadtteiltreff, und obwohl noch immer allerorts emsige Betriebsamkeit herrschte, kroch etwas Dunkles aus allen Winkeln, aus allen Schränken und Schubladen, etwas, das alle Freude in uns erstickte und nichts anderes sagen zu wollen schien, als dass es nun zu Ende sei mit der heilen Welt.

Wohl folgte Herr Dr. Müller, um die allgemeine Stimmung zu heben, Bregovics Beispiel, riss die Pflastersteine aus seinem PKW-Stellplatz und legte einen erstaunlich schönen Garten an dieser Stelle an. Selbst der Hausmeister Alois blieb davor stehen, nickte anerkennend und kam recht unvermittelt auf all die zertrampelten Erdbeeren und die abgefressenen Radieschen zu sprechen, die er in seinem eigenen Schrebergarten zu beklagen hatte, seitdem dort Hermine ein neues Zuhause gefunden hatte. Nur übergangsweise, wie der Hausmeister immer wieder betonte. Dann wurde er ganz still, schüttelte verständnislos den Kopf, murmelte etwas von einem „forschtbare Unglück" und machte sich in sprachloser Erschütterung auf den Weg, die Feuerwehreinfahrt entlang, wo er noch einmal stehen blieb und nach einer abschließend wegwerfenden Handbewegung in einem der Eingängen verschwand.

Die Geigerin war noch schweigsamer geworden, als sie es ohnehin schon war. Man sah sie oft still in einem der Plastikstühle sitzen, schaukelnd und in den gelben Briefen lesend, die ihr Herr Hohner einst zugesteckt hatte. Damals, als er sich noch Hoffnungen auf sie machte.

Hohner verbrachte die Abendstunden einsam, hoch oben in der Glockenkammer des Rheinhessendoms, zu der ihn Herr Patocki einmal mitgenommen hatte. Dort saß er, den Zylinder schief auf dem Kopfe in seinen Bademantel gemummt und grübelte über das Leben nach. Er träumte von dem Tag, an dem er der Maestra vor der Tür des Stadtteiltreffs einen Kuss geraubt und danach den verhängnisvollen Fehler begangen hatte ihr nach und nach Patockis 40-seitigen Liebesbrief zukommen zu lassen. Nun wagte er kaum ihr unter die Augen zu treten, nachdem herausgekommen war, dass er sich mit fremden Federn geschmückt hatte. Selbst der Roman, an dem er noch immer schrieb, schien eine einzige Rechtfertigung für seinen Fehltritt zu sein. Man soll sehen, dass er ein ebenso großer Poet wie der Dahingegangene war. Wohl deshalb hat er es sich zur Aufgabe gemacht, Patockis Archiv fortzuführen, und so findet man Hohner noch heute zuweilen im Papiercontainer über achtlos weggeworfenen Druckerzeugnissen brütend.

Damals, nachdem oder weil Herr Patocki verschwunden war, ging alles ganz lautlos vor sich, etwa so als hätte jemand den Ton abgeschaltet. Man schonte einander. Keiner wollte die gedämpfte Würde des Abschieds stören und der ganze Stadtteiltreff drohte in Trübsal zu versinken.

Dann aber stellte Angelika, die Altistin mit der schicken Frisur, ihre Kaffeetasse mit einem resoluten Klirren auf den Tisch, verschränkte die Arme und sprach jene Worte, die uns allen unvergesslich geblieben sind:

»Nein, ihr Leute! So kann das nicht weiter gehen! Beim besten Willen nicht...«

Angelikas Fest

»Hey Hohner! Marlene hat mir ein Hemd geschenkt!« Bregovic eilte mit seinem neuen Hemd durch das Café des Stadtteiltreffs. Hohner war gerade in der Küche beschäftigt, doch bevor er etwas sagen konnte, kam Angelika hinter der Theke hervor. Sie trug eine Schürze und balancierte auf den Fingerspitzen ein silbernes Tablett.

»Lieber Herr Bregovic!« rief sie, »wollen Sie nicht eine unserer selbst gemachten Pralinen probieren?«

Bregovic stopfte sich eilig eine davon in den Mund und beabsichtigte auf das Hemd zurück kommen, das ihm Marlene geschenkt hatte... doch was war das? Der dünne Überzug der Praline zerbrach, zersplitterte geradezu und aus dem Inneren der Praline quoll ein zum Kern hin kühler werdender Schaum hervor, der auf der Zunge zerfloss und indem er mit den Schokoladensplittern verschmolz, ein Aroma entfaltete... nicht Mousse au Chocolat, nicht Eierlikör, nein! Leichter als dies und schwebender... Angelikas Gesicht verschwamm vor seinen Augen.

»Und?« fragte sie, während er überwältigt auf einen der Stühle sank. Erst jetzt sah er sich um in dem Café und seine Augen wurden so groß und glänzend, als sähen sie mehr als sie fassen konnten, denn hunderte Kerzen brannten auf den Tischen und funkelten auf den Bestecken und in den Weingläsern.

Das Fest war Angelikas Idee gewesen. Sie war eine begnadete Köchin und hatte sich dazu entschlossen, die düstere Stimmung im Stadtteiltreff nach Patockis Verschwinden durch ein ganz außergewöhnliches Essen wieder etwas aufzuhellen. Sie hatte weder Kosten noch Mühen gescheut, den Freunden vom Stadtteiltreff ihr Meisterwerk vorzusetzen.

Schon betraten die ersten Gäste das Café. Man begrüßte einander umständlich, hängte die Jacken und Mäntel an die Garderobe und versicherte sich dabei gegenseitig, dass man nach dem Unglück mit der kleinen Mäh gar keinen rechten Appetit habe. Man nahm dennoch einen Aperitif und studierte die Speisekarte, die Angelika angefertigt hatte:

Festliches herbstliches Menü
zum Gedenken an Herrn Pantoki,

war darauf in aufwendig gestalteten und liebevoll gebogenen Buchstaben zu lesen.

»Pantoki?«, fragte Marlene, »ich dachte der Mann heißt Patocki!«

Ein beschwichtigendes Gemurmel machte die Runde. Dann wurde es wieder still, denn man war wohl trauernd,

aber auch neugierig. Zur Vorspeise sollte es Rehleberterrine mit glacierten Weintrauben an Feldsalat mit Walnüssen geben und danach wahlweise geräucherte Forellenfilets oder, überaus aufmerksam, Fleischklößchensuppe mit Apfelstückchen und dazu einen trockenen Weißburgunder aus Rheinhessen. Dann das Hauptgericht: Keule vom Hunsrück-Reh mit hausgemachten Haselnussspätzle mit Thymian, Rotkohl und Maronen und Spätburgunder Rotwein aus der Pfalz. Danach wartete eine Rede des Herrn Hohners anlässlich der Einweihung von Bregovics Garten auf die Versammelten, gefolgt von einem Dessert: Ziegenkäse mit Tannenhonig aus dem Schwarzwald und zum Abschluss Spekulatiusmousse mit herber Orangensoße und Eiswein und hausgemachten Pralinen.

Hohner und Kathrin brachten die Vorspeisen, während Hohner noch einmal seinen Zettel konsultierte, auf dem er seine Rede notiert hatte. Die Leberterrine war zu kleinen Zylindern geformt und die Blätter des Feldsalats bildeten zusammen mit den Trauben Schmetterlinge, die am Tellerrand um den Zylinder herum angeordnet waren.

Heinz, der sonore Bass aus dem Elsa-Chor, der sonst mit seinen Späßen stets zur allgemeinen Heiterkeit beizutragen pflegte, wurde bei der Einnahme der Vorspeise ganz sprachlos und übernahm in stiller Dankbarkeit auch Hohners Portion, der wegen seiner bevorstehenden Rede nichts zu sich nehmen konnte.

Das Trio schall&rauch befestigte in einer feierlichen Zeremonie ein Bild von unserem verloren gegangenen Freund hinter der Theke und gab (mit Bregovic am Akkordeon) einen Tango zum Besten. Angelika öffnete die Ofentür, um die beiden Rehkeulen heraus zu heben. Der Duft von Braten, Wachholder und Lorbeer verbreitete sich in warmen Dunstwellen im Café und unsere Sinne verwoben sich zu einer träumerischen Synästhesie der Genüsse. Die Musik klang gedämpft, überlagert von dem Lichterglanz und dem gastlichen Duft und keiner merkte es, wie die Niedergeschlagenheit der Anwesenden einer stillen Heiterkeit wich und sich ein älterer Herr erhob und das Wort an seine Gattin richtete. Einst, in ihrer Jugend hatten sie zusammen den Südpol erreicht, aber nie hatte man sie miteinander sprechen hören. An diesem Abend aber, nach 54 Jahren, 9 Monaten und 21 Tagen, wie mir der Herr später berichtete, hatte er sie zum ersten

Mal wieder gefragt, ob sie ein Tänzchen mit ihm wagen wolle.

Nach dem Hauptgericht wollte keiner mehr etwas von Hohners Rede wissen. Bregovics Garten war vergessen, so sehr war man in der Fülle des Augenblicks versunken.

Draußen wehte ein herbstlicher Nordwind vom Rhein her ein süßliches Kakao-Aroma zu uns herüber. Das knorrige Obstbäumchen vor der Eingangstür, bog sich seitwärts, als wolle es nachsehen, was im Stadtteiltreff vor sich ging. Ein Wellensittich saß in seinen Zweigen und blickte ebenfalls mit schrägem Köpfchen in das vom Kerzenschein glitzernde Café. Mochte es der Wellensittich gewesen sein, der damals bei Herrn Patocki Zuflucht gefunden hatte. Wir wollen es glauben! Nun flattert er davon, umkreist noch ein paar Mal den Stadtteiltreff, kommt noch einmal zurück, um schließlich doch über die Elsa-Brändström-Straße hinweg zu fliegen. Begleiten wir ihn noch ein Stück, schweben wir mit ihm über den Großen Sand, auf dessen bizarre Flora sich schon der Abendnebel legt. Vor uns der Rhein, ein silbriges Band, das sich behäbig unter dem klaren Abendhimmel dem dämmernden Taunus entgegen wälzt. Ein letztes Mal kehrt sich der schnatternde Vogel nach uns um, dann verlieren wir ihn aus den Augen...

Nachwort

»Man speist jetzt auswärts!« sagt Herr Patocki in der kurzen Szene auf dem Klappentext. Seine Enttäuschung über die geschossene Eisdiele hat seine Berechtigung, denn in der Zeit als die ersten Texte dieses Bandes entstanden sind, ist wirklich eine Eisdiele in der Ladenpassage aufgegeben worden. Überhaupt finden sich in dem Buch viele Ähnlichkeiten mit Personen aus dem Stadtteiltreff bzw. Veranstaltungen oder Gegebenheiten unserer Einrichtung. Es gibt einen Chor, die Elsa-Zeitung, Musikunterricht, schall&rauch, den Brotkorb, es gibt den wöchentlichen Gottesdienst, in dem Herr Patocki eingeschlafen ist und die Anmerkung des Pfarrers dazu war wirklich vom Pfarrer. Die handelnden Personen sind zum Teil frei erfunden, zum Teil können Sie sie hier im Stadtteiltreff tatsächlich antreffen. Und natürlich gibt es die geheimnisvolle Geigerin und Sie können mir glauben, wenn im Text beschrieben wird, wie sie das Blättchen ihrer selbst gedrehten Zigarette anleckt und dabei eine Augenbraue hochzieht, dann zeugt das von einer ausgesprochen genauen Beobachtungsgabe des Autors.

Aber vieles folgt eben auch eher literarischen Gesetzen und so finden sich auch einige Unterschiede zu dem wirklichen Stadtteiltreff. Wir sind eine soziale Einrichtung, die hier im Wohngebiet mit den vielen Hochhäusern, unserer „Elsa", vor fast 20 Jahren gegründet wurde, um das Zusammenleben der Menschen in Gonsenheim positiv zu verändern. Mit Beratung helfen wir, wo es Probleme gibt, wir sind Treffpunkt für gemeinsame Themen und Hobbys, wir vernetzen die Akteure in Gonsenheim, wir greifen Ideen aus der Bevölkerung auf und setzen sie gemeinsam um. Generationenübergreifend, inclusiv, für arme wie reiche Menschen – wir machen gesellschaftliche Vielfalt lebendig und sind dabei durchaus erfolgreich. Unter www.stadtteiltreff-gonsenheim.de können Sie sich einen Eindruck verschaffen.

Mit der Vision des Herrn Patocki, die in einem der ersten Kapitel beschrieben wird, sind die Ziele unserer Einrichtung sehr gut beschrieben. Hier geht es um nachbarschaftliches Miteinander, um eine Gemeinschaft, die in sich tragfähig ist, in der man einmal die Person ist, die Hilfe empfängt und ein anderes Mal die Person, die hilft. Tatsächlich ein Gegenentwurf zu einer globalisierten, kapitalistischen Ellenbogengesellschaft. Und Herrn Patockis persönliche Entwicklung durften wir hier bei vielen Aktiven unserer Einrichtung erleben. Mit Hilfe des Stadtteiltreffs raus aus der Isolation, sich auf Begegnung einlassen, sich für andere Menschen öffnen sich einbringen und mitwirken an einer guten, ja an einer großen Sache.

Unser Dank geht an den Autor, Horst Wambach, genannt Wambl. Danke für diese wunderschöne Geschichte! Sie beschreibt nicht nur in ganz neuer Form, was der Stadtteiltreff für ein Ort ist, sie ist einfach auch schön zu lesen. Sie ist Drama, Liebesgeschichte und Komödie gleichermaßen und geschrieben in einer Sprache, die erfrischend anders ist. Danke, lieber Wambl, für dieses Werk! Und mein Dank geht an alle „echten" Personen, die in diesem Buch vorkommen. Sie wurden zwar immer dazu befragt, ob sie mit der Art, wie sie dargestellt wurden einverstanden sind, aber ohne ihr Einverständnis hätte diese Geschichte nicht geschrieben werden können.

Ich hoffe, auch Sie hatten viel Spaß beim Lesen dieses Buches. Und wenn Sie dann mal bei uns herein schauen, um zu sehen, wie es hier wirklich ist, vergessen Sie nicht beim Laubsaugermann vorbeizuschauen – mit etwas Phantasie erkennen Sie sein Antlitz in der Baumrinde und manchmal, wenn etwas Wind geht, flüstert er seine Liebesgedichte für das schöne Fräulein Smeraldy.

Stephan Hesping
Stadtteiltreff Gonsenheim